裹在 2 号连衣裙里的灵魂

赵若虹 作品

裹在2号
连衣裙里的
灵魂

湖南文艺出版社
HUNAN LITERATURE AND ART PUBLISHING HOUSE
博集天卷
CS-BOOKY

可是，谁为了饿才吃东西，

每天清晨 4 点和双层奶酪汉堡独处的那 10 分钟，

是我一天里最渴望的陪伴。

我们一口一口地吃着自己盘子里的食物，

那是永远不会让我们

失望的期待。

在被生活杀得措手不及的时候，我总是本能地选择让自己变得更好看一点。

咽下 生活，

然后 睡觉。

年轻时，衣服就是我们的**战袍。**

失恋、失婚、失业？

做脸、做指甲、买新衣服啊，把失去的尊严

一点点买回来！

小火苗人赵小姐，去了哪儿呢？

几年前，在台北青田街的"蠹行"古董店，那多在仔仔细细端详不知道什么器物，我和赵小姐于是坐在门厅的长凳上休息……有过一段短短的、不知所谓的聊天的时间。

当时我和他们夫妇认识的时间并不长，没有参加过他们的婚礼，也没有参加过他们餐厅的开张，更不用说后来的"高跟73小时"。对我而言，赵小姐还是那个从电视里走出来的人。其实，我有很多也不怎么重要的疑问，比方说，你以前背的主持稿第二天会全部忘记吗？演情景剧是一种什么样的体验啊？好玩吗？

我的问题大概真的有点蠢，但她居然很认真地回答："演那个的时候，是我这辈子赚过的最容易的钱了。"好像是这么个意思。我很讶异，不知道怎么接话，我觉得说一句"真的"也不大好，那不是我的本意。听她这么说我反而不再疑惑了，蠢问题也偃旗息鼓。因为她脸上忽然有一种惘然的神情，像一种心意的邀请。这种邀请背后，一定有许多我所不了解的时间在里面。我想很多人也不了解她。我不知道要如何在那个瞬间筹措这种了解的可能性。

"蠢行"这个地方很有意思，有过不少争议，门口却贴着殷海光的名言："像我这样的人在这样的时代和环境没有饿死已算万幸。"很迎合文青的趣味。但殷海光一生坎坷，痛苦也不是轻盈的。说"人生的意义"，人的失落那么普遍，"失落在街头，失落在弹子房，失落在电影院，失落在会客室里……"

后来有一个很偶然的机会，有个杂志让我写一写赵小姐。她已经开始做"高跟73小时"，顶着很大的压力，如火如荼。我对时尚完全不懂，临时抱佛脚也来不及，总之有一个晚上，我把她的微博从2010年开始翻看了一遍。

最早的时候，她不是前著名节目主持人，不是出版人，不是外企高管，不是创业者，甚至也不是段子手。她的微博没有转发，"赞"的功能还没有开通，她碎碎念每一天，碎碎念身边的人，碎碎念生活里的糟心事和数不清的小快乐。

我很喜欢她突然跃身灵魂出窍观看自己的种种瞬间，比方"我们停在陕西路淮海路口，警察的眼皮子底下，执着地等那锅新炒的糖炒栗子……"，又比方"我看着街上来来回回的女人们，她们中的很多人跟我一样……"。我知道，那种只属于她个人的、最真实的惘然深情，像小火苗一样地再次出现了。

有一个疑惑，她为什么总是会看到这些人，又为什么隐身于这些人中看自己……她为什么看得到那些"偶尔路过鞋店的时候，停下来望橱窗一眼，再往前走，又忽然停下来回过头再望一眼"的女孩子。我就看不到。我想她可能真的亲历过。她可能对自己还是不满意的。她可能希望自己能像耶茨一样，做一个"会削很多支铅笔，然后尽我所能……"的刻苦的人。

因为长期失眠，赵小姐一直保持着良好的阅读习惯。我觉得她看了很多书，很多很多，但白天呢，她又有更多更多的事要忙碌，要打拼。这其中没有"风花雪月"的部分，工作总是新鲜又刺人，赚每一分钱都要拼尽全力，受折磨又折磨人。她渐渐不再抱怨太具体的事了，也不流露出太具体的感伤。那个夜晚诗意的赵小姐，小火苗人赵小姐，去了哪儿呢？

也是在那些浩瀚的、纷繁的闲言碎语里，我打捞起赵小姐真正的梦想，她曾经说起过自己的三个人生理想，"当主持人，当作家，当小卖部的老板娘……"第二件事，她好像做了一点，又好像远远没有做完。她显然不是一个半途而废的人嘛。

赵小姐笔下丰富的女性、城市的风尚和变迁的情感故事，是我这样只削一支铅笔写作的人永远无从想象的。我们可以在夜晚聊聊天。但整个白天里，她走过的数不清的聚散、人情的温暖与凉薄，以及变迁背后的狼藉，都是属于她个人的诗。

像苏童在小说《河岸》的结尾所写的：

　　乱石在思念河上游遥远的山坡，破碗残瓷在思念旧主人的厨房，废铜烂铁在思念旧时的农具和机器，断橹和绳缆在思念河面上的船只，一条发呆的鱼在思念另一条游走的鱼，一片发暗的水域在思念另一片阳光灿烂的水面……

愿我们在彼此的世界明明灭灭、来来往往。

张怡微

目录　Contents

Size **0**

**我不管在有没有光的世界，
都想一直走向前方。**

Size **2**

被裹在美艳的 2 号连衣裙里时，确实更幸福些。

Size **4**

总有一个人教我爱情，总有一个人等着我舍命去生活。

Size **6**

**她们美丽而英勇地生活，
从此真的看到了日沉日落，万丈星辰。**

Size **X**

在每天这个时候，为你亮起一束光。

Size 0

我不管在有没有
光的世界，
都想一直走向
前方。

size 0

人生有那么多突如其来， /
需要大汗淋漓面对

　　对健身房的最初记忆是十几年前，第一次走进舒适堡的桑拿房，一群40多岁的女人光着膀子，肚子上擦着瘦身霜，包着保鲜膜，脸上敷着蛋清或者黄瓜，热热闹闹地在讨论老公、儿子、领导和狗，场面十分华丽。

　　后来我又去了几次，发现不管是几点钟，总能碰上这群阿姨，跳完一场操晃来晃去地等着跳下一场，淋浴的时候就用手把运动衫和运动裤洗了，进桑拿房把衣服一晾，人往长凳上一横，从身边的小塑料袋里拿出黄瓜、苹果边吃边聊。

记得有一次她们讨论的话题是：女人哺乳完之后胸形真丑，应该隆胸，可是硅胶材料，火化的时候烧得掉吗——这样的话题似剑走偏锋、难以描述，以至于当时 20 来岁的我走出桑拿房时常常想，40 岁的女人真可怕，我活到 30 岁就死掉算了。

就是一眨眼的事，我自己也深一脚浅一脚地活到了 30 多岁。36 岁那年，爸爸突然病重去世了——人生真是太荒谬了，好像昨天我爸还在帮我理书包、戴红领巾啊，为什么我突然就在墓地刷卡，给他支付碑上刻字的钱……

办完丧事，我开始健身。在被生活杀得措手不及的时候，我总是本能地选择让自己变得更好看一点。这样我就可以昂着头出门，受罪的时候起码也是美的，这是我十分简单的逻辑。

我就这样被一场大规模的中年危机推到了 Justis Lorenzo 的面前。

这个长得五大三粗的英国黑人教练热情地给了我一个大大的拥抱，然后直接把我扔上了跑步机。我用 8 档的速度跑了两分钟就开始耳鸣了，上气不接下气地告诉他，我从小到大体育没有及格过，800 米都跑不了。

他完全没有得到暗示，非常鸡血地说："啊，别担心，从此以后，你的体育会变得越来越好的！"5分钟后，我哆嗦着腿从跑步机上下来，手忙脚乱地跟着他做深蹲和Burpee（波比，是一种高强度、短时间燃烧脂肪，令人心跳率飙升的自重阻力训练动作之一，也叫作立卧撑），大概是今后两年两万个Burpee之中的前10个吧。

一节课上完，健身零基础的我手痛、脚痛、屁股痛，颤颤巍巍地走出健身房。走入人行道打车的时候腿还哆嗦了一下，站姿却很是昂扬，心里觉得自己好像真的变好看了一点，多巴胺貌似也多了一些。

健身最难的是开始的那8节课，所以，好教练真的非常重要。我每周见Justis三次，每一次他都会偷偷地往前推进一点。今天多做几十个跪卧撑，明天试着提高跑步速度，下一次开始练负重深蹲，每一次的课程都新鲜不同，而又设计得让我再努力一点点，就刚好能完成新的挑战。

这样温水煮青蛙式的推进对我非常管用，我发誓每一次我都看到了自己的进步（当然作为一个从小厌恶运动，毫无手眼协调能力和柔韧性的人，我充满了进步空间），8节课以后，我明确看到自己的手臂线条逐渐变得紧致，本来松垮的腰线开始若隐若现地往里收，大腿和屁股摸上去也不是那么肉嘟嘟、松垮垮了……

到了三十大几快四十岁，我发现原来我那么害怕的运动其实完全不可怕，它其实是一件很有趣的事，我能完成它。

天不那么热的时候，我们早上 6 点去中山公园变速跑，在太极拳叔叔扇子操阿姨们边上做一小时的 HIIT 训练（高强度间歇训练），其间还不时有老头老太太来跟我聊天，问我怎么不继续演《开心公寓》了（节目停了十年了好吗，阿姨）。

有时候我们去社区健身中心举铁，100 个负重深蹲，100 个 Burpee，100 个仰卧起坐，我汗流浃背，觉得自己无所不能，边上打乒乓球的叔叔阿姨停下来，一边围观我们，一边讨论哪只股票在涨，哪只一定要抛了。

有时候 Justis 会建议我试试别的运动，我爱上了拳击和变速跑，但依然很讨厌瑜伽，绝对是全班最令人尴尬的学生，没有之一：人家齐刷刷做这个做那个的时候，常常能看见我的手、脚、腰、屁股在空中各种挣扎，我很想把自己做成一套表情包。可是，不试一下，谁又能想到，我居然是一个喜欢拳击的人。

就这样，我跟着 Justis 坚持锻炼了两年半，锻炼的频率越来越高，直到今天。因为吃得太多又爱喝酒，我并没有变成一个体脂指数 15、腹肌 6 块的女人。但是我的身体状态比以前要好得多，不常感冒发烧，没有中年女人常有的蝴蝶袖、小肚子或者大象腿，下颌线条因为有氧训练变得更明显，努把力、拼一下，也能看到好看的背部线条。

更重要的是，我忽然发现了一个全新的自己：原来从前我这么害怕的体育，完全不难啊，原来这些看上去高强度的事，我真的都能做到啊！

看到我的变化，我的女朋友们也都开始锻炼。

杨蕾第一次上课把自己练吐了，在健身房哭着打电话给我说，她觉得自己人生的高峰完全过去了。现如今，却变成了一个可以跳上6块踏板的像兔子一样的女人。

谢小嘤生完孩子重了几十斤，走路时气喘吁吁，像一个移动的开水壶，现在可以从松江到静安寺办事时骑着自行车来回。

乐乐，这个以前我每次看到她穿牛仔裤就要骂她为什么放弃腰线的女人，如今脱胎换骨。靠健身和健康饮食，瘦得像健康的张柏芝加开心的谢娜，因为太爱健身，她现在开了一个小小的健身房（Soulfit健身工作室），定期请全上海最好的教练来给跟我们一样的女人上课，不论是器械、跳舞还是瑜伽，每一次都能在她家健身房有全新的体验。

我们都不小了，快到了当年舒适堡里那群阿姨的年纪。我忽然对她们不再厌烦，理解了她们为什么总是跳完一场操，还会等待下一场。人生有这么多的突如其来，有时候，你需要让自己大汗淋漓地面对它们。

过年的时候，我给 Justis 带了一瓶威士忌。锻炼完，我们在健身房偷偷地喝了一小口酒，以示对新的一年的庆祝。我掏心掏肺地对他说："这两年，我过得如此辛苦，如果不是因为跟着你训练，我真的无法从丧父的阴霾中走出来，也绝不可能有足够的勇气去面对创业生活的艰辛。"他很感动，红着眼睛对我说："你知道吗，以你的运动量和体能，现在你可以重新回高中去考 800 米了。"

也许是因为喝了点酒，我当场就哭了。

一口一口吃掉生活　　/

2004 年，我在纽约采访纽约少林寺的方丈，问他为什么要把庙建在 Flushing（法拉盛），他特别实诚地回答："因为曼哈顿唐人街都是粤菜，我吃不惯，法拉盛新移民多，好多北方人，在这儿我能吃到馒头。"

我特别懂他。

那段时间，我住在纽约西村的一栋小破房里。屋子很小，厨房就在房间里，我买了床，放了张桌子，又买了台电脑回家剪片子，屋里就转不开身了，我只得把带来的鞋子、衣服都藏在厨房的碗柜里。

房子老得能养妖怪，常有看上去很有功力的蜈蚣从墙边慢慢爬过，淋浴的时候伸直双臂，正好可以够到洗手间两边的马赛克。

邻居也是形形色色的，有一对异常恩爱，像小野兔一样不停做爱，吵得整栋楼都能听到的男同性恋；一个走两层楼梯要花 10 分钟，头发染得花花绿绿的非主流老爷爷整天大声地咳嗽；还有一家安安静静的墨西哥人——那家人特别喜欢把鞋脱在门外，每次我走过他们家门口，就要默默数一下这么小的屋子里，到底住着几个人：一对夫妻，两个孩子，有时候还有亲戚在他们家里一住就是几周。可是不管屋外放着多少双鞋，路过他们家门口，里面永远是静悄悄的。

那段时间，我每天清晨起床上课，出门采访，天黑回家写作业、剪片子。我英文不好，又笨手笨脚的，人家几个钟头就可以采编完的功课，到了我手上，做一整夜也未必能剪出什么好东西来。我拿着奖学金，又好面子，就更要暗暗用功。就这样，整夜整夜不能睡觉。

每天早上 4 点，我会去家对面的 24 小时杂货店买一个双层奶酪汉堡——纽约屋里暖气开得很足，我总是穿着吊带和短裤剪片子，从 3 点多开始，每过一会儿就看看钟，到了 4 点，准时披上大羽绒服。马路上静悄悄的，有雾气从马路牙子边的地井里冒出来，我穿着拖鞋噼里啪啦地跑过去，人还没到，就看到店里的印度小哥开始给我做双层奶酪汉堡。

双层奶酪汉堡，加培根，6.99美元。店里偶然有准备上早班的人来买杯咖啡，大多数时候，一个人都没有。我静静倚在柜台边，看着小哥熟练地烤面包、烤牛肉、切奶酪，享受这安静的几分钟。这是我每天可以别过头去，背对生活的几分钟，没有素材、字幕、编辑软件，没有deadline（最后期限），没有寂寞、乡愁、孤单、惶惑、自我怀疑，没有情绪。

小哥递过大大的汉堡，我一只手拿着汉堡，一只手捏着纸巾，边吃边往回走。一口咬下去，有时肉汁会滋在羽绒服上。我吃着汉堡打开小破屋子的大门，路过咳嗽的大爷家，路过偶尔仍传出呻吟声的男同性恋家，路过安静的墨西哥人家，踩着咯吱咯吱的楼梯回到自己的房间，坐在床上一口一口地吃完那个汉堡。咽下松软的面包，咽下焦脆的培根，咽下余香回绕的奶酪。咽下生活，然后睡觉。

那个学期，我重了15斤，同学们都说我从前到底是有多饿，为什么能吃那么胖。可是，谁为了饿才吃东西。每天清晨4点和双层奶酪汉堡独处的那10分钟，是我一天里最渴望的陪伴。

"谁为了饿才吃东西呢？"鲍鲍拿着羊肉串对我说。每天，我们从吴江路石门路那头开始吃起，先去'红宝石'买鲜奶小方和攒奶油，再过马路上'东方快车'去吃鸡毛菜红烧狮子头，到'重庆鸡公煲'点一个经典套餐，顺便派出一个人去隔壁羊肉串摊买几串烤羊肉，或排队去买四只'小杨生煎'来吃。最后，走到王家沙，从吴江路后门穿到南京路前门去买蟹粉小笼，运气好的话，还能赶上买老虎脚爪或者蟹粉汤圆。

这是 2001 年，我、鲍鲍和燕琪刚刚从大学毕业。我和燕琪分配到电视台做主持人，鲍鲍签给经纪公司，当了演员。本来，这都该是光鲜有趣的职业，然而，当时的我们并没有活儿干。

东视和上视并了拆、拆了并，我和燕琪跟着两家电视台分分合合，一周也捞不到一个时段做节目。鲍鲍常去试镜，也经常有片约，可是不知怎么的，最终总有这样那样的事让她决定不接这些片约，最后也就跟我们这样一天天地混在一起。

吴江路就在电视台的旁边。我们在这条马路上吃饭，一旦组里老师要找我们跑腿，我们 10 分钟之内就可以回到办公室，谁的事也不会耽误。每天到了中午，我们就开始一天的规定行程：从鲜奶小方开始，直到王家沙蟹粉小笼结束。开始的时候并没有人很饿，结束的时候，也并没有人喊饱。

就这样一家一家地吃，一天一天地吃。因为不必上镜，我们也没有怎么担心体重，偶尔有需要试镜的时候，就饿自己几天，看其他两个人吃。鸡公煲热腾腾地在瓦斯炉上煮，浓油赤酱的红烧狮子头配着鸡毛菜格外美味，小杨生煎门口永远排着长队。可是，我们怕什么呢，我们有的是时间。

　　吃饭的时候，我们不太说话。大家的生活就是那样，谁也不知道未来在哪里，每天并没有什么值得更新的消息，我们一口一口地吃着自己盘子里的食物，那是永远不会让我们失望的期待。

　　我出国去读书之前，燕琪生了一个女儿。我和鲍鲍带着红包和鲜奶小方去看她。她那天似乎胃口并不是很好，蛋糕并没有怎么动。第二天我就要准备去纽约了，赶着回去收拾东西，应酬亲戚朋友，匆匆聊了几句就起身告辞。许是因为产后激素不平衡的关系，燕琪大哭起来，我安慰地抱着她，瞟到桌上的红宝石蛋糕。"我们的吴江路生涯就这样结束了呢。"我心里默默想。

　　就这样走散了，从此我们三个人各自变得很忙，再也没能在吴江路上聚过。

　　2005年的时候，我仍在纽约读书，又要交一个关于"poverty"（贫穷）的纪录片。我已经很厌烦美式贫困故事的套路，跟搭档商量着怎么才能躲过又一个 housing project（住房建造计划，相当于国内的廉租房，政府建的提供给低收入人群的房子）。

"怎么界定贫穷呢？"我近乎耍无赖地问教授，"比如我找一个留学生家庭，他们全家的收入在政府规定的贫困线以下，是不是就可以拍呢？为什么所有的贫困故事都必须是伤心的，为什么不可以有开心的穷人呢？"

一向严厉的女教授竟然默许了我的这次叛逆，让我找了一对中国留学生夫妻拍摄。那对留学生其实一点都不觉得自己贫困，但"因为都是中国同学"，答应帮忙出镜，于是我就开始了我的正能量贫困故事拍摄。

我的拍摄对象住在闹市区的学院宿舍里。男孩子是医学院的研究生，老婆先来陪读，打工存了点钱自己开始读药剂师课程。夫妻俩刚生了个儿子，婆婆从老家来帮他们带孩子。我们去拍片子的时候，老太太正热火朝天地和面，准备包饺子呢。

让毒贩子、站街女都见鬼去吧！同学们还在寒冬的纽约贫民窟里苦熬，我愉快地拍着这对夫妻，拍他们怎么跟婆婆一起精打细算地买面粉和酱油，拍他们怎么给孩子穿朋友送的旧衣服，拍他们相亲相爱地坐着公交车经过中央公园，在阳光下分开，各自去上班和上学。

这一对夫妻，有一个周末的保留节目：在第五大道上逛街。当然并没有余钱买什么东西，但他们会手牵手，一家一家店仔细地看过来，路过橱窗陈列好看的百货公司，他们就进去上个洗手间，顺便转一转；赶上玩具店打折的时候，他们就进去买些铅笔或簿子，存起来给老家亲戚的孩子当春节礼物。

除了买些打折文具，转完一整条街，他们只会花一次钱：两个人一起买一支香草冰激凌吃。"比我们在中国学校里吃的冰激凌好吃啊！"老婆说。

"那当然，"老公答，"可是你说为什么我们混了这么多年，还不舍得多买一个冰激凌吃？"

"等宝宝长大了，我们带他来吃冰激凌，到时候我和宝宝吃一个，你吃一个。"老婆又像安慰又像道歉似的，拍了拍老公的肩膀。

我们的进度，是每两周交一个片子。然而这对夫妻，我拍了3周。每个周末，我都跟着他们坐公交车到第五大道，一点一点地逛过去。跟着他们进商场去上洗手间，跟着他们找打折文具，跟着他们找到那个冰激凌车，买一个香草冰激凌分着吃。

交完这个片子的晚上，我也走到了第五大道，找到了那个冰激凌车，买了一支香草冰激凌吃。

那是个极冷的冬夜，冰激凌吃在嘴里，牙根冻得生疼，但那真是一支好吃的冰激凌啊。软软的、香香的、甜甜的，难怪那对夫妻每周都会来吃，这支冰激凌化在嘴里，就好像我也有个家在纽约，有人在等我回去似的，就是那样甜美的感觉。

我就那样坐在马路边的房子旁吃冰激凌，疼着牙，想着家。纽约的夜晚变得那么温和，我看着夜空，对着隐约的星辰狠狠地哈了一口气。鲍鲍说得对，真的，谁他妈因为饿才吃食物。

我和我的 4 个圣诞节   /

1998 年的时候，圣诞晚会在上海很流行。几乎每个像样点的酒店，餐厅都会有自己的整台圣诞演出，那时候我还在上戏上学，主持一个这样的晚会，能拿 1000 块钱。

专门有穴头组织这类演出，去音乐学院找几个拉琴的小孩儿，去滑稽剧团找两个演员唱段独角戏，到歌剧院里找一个女高音或者男中音，杂技团、沪剧院、评弹团、民乐队、小荧星合唱队……谁闲着就找谁出来，考究一点的，去电视台找个主持人，经费有限的，在我们系或者表演系挑个顺眼的主持人，一场演出就有了。

　　全上海大大小小的文艺工作者在圣诞夜都很忙，那个晚上，如果谁病了要找人顶班，或者要临时加一个节目，几乎是不可能的事。演员们一般都排了五六个场子，多的甚至会到十几个，一晚上，他们就带着浓妆，带着提琴、古筝、快板、魔术道具、各种吃饭家什在各个宾馆饭店之间穿来穿去。圣诞堵车又格外严重，常常才堵到这边的场子，那边酒店的舞台监督已经在 BP 机上夺命连环传呼了。因而圣诞演出的节目单都是不敢印给观众的，一般只有主持人开场时间和场地经理的致辞是靠谱的，从第二个节目开始，谁到了谁先上，完全不管顺序，直到演完合同里所有的节目为止。

　　每次到了这种时候，我就特别羡慕有一技之长的音乐、曲艺、魔术、杂技的各类演员，不像我们主持人，非但不能串场子，还得在一片兵荒马乱当中收拾大家的各种烂摊子，准备好的串词完全用不上，现编词不算，还得现调整流程。刚上台去报幕："下一个节目是由知名配音演员某某和某某为您带来的……"话还没说完呢，舞台监督在底下压低了声音喊："再等等，再等等，他们还有一个红灯才到呢！"这时我就得假装没事人一样说："虽然这个节目很精彩，但是我们是不是应该先抽一轮奖，看看今天哪一位幸运儿能抽到这家酒店的两张豪华房券呢？"然后把一个明明很简单的抽奖程序解释得无比仔细。抽完奖，演员如果还在换装，我还要跟得奖观众聊两句，让他们说一说自己的新年愿望。等得奖观众说完希望老婆、孩子在新的一年天天快乐之后，演员也差不多可以上台了。这种时候走下台，我往往需要静静地坐两分钟才能回过神儿来。

最惨的是，所有奖都抽完了，流程也走得差不多了，只剩一个节目没演了，而这位多半是比较"大咖"的演员，还要十几甚至 20 分钟才能赶到。我们主持系的其他同学大多有些才艺，这十几分钟的时间，可以自己唱个歌跳个舞什么的，最不济的，表演个贯口，也就混过去了（那年我有个男同学不得不一个人在台上唱了 8 首歌），而我什么也不会，只好厚着脸皮跟着穴头去跟前面的演员商量，能不能再多唱两段，撑撑时间。好在平常走穴的差不多也是这些人，大家彼此熟悉，也就帮忙了——所以我们这一辈的主持人和各文艺剧团艺术院校演员的关系，是在类似这种场合建立起来的，这种台上救你一把的不杀之恩，没经历过的人不太能体会。

1998 年那个圣诞也是出奇，状况从头出到尾，上台的时候场灯忽然暗了，演杂技的一个小哥摔了盘子，沪剧演员走音走得我都能听出来，最后上台领大奖的观众被舞台台阶绊倒，摔了一跤。

主持完那 4 个小时的节目，我感觉像被人打过了一顿，从穴头手里接过一千块现金，我数了一遍钱，决定去吃顿好饭。

学校边有个小餐厅叫 5 号，圣诞那天 5 号关门特别晚，里面坐满了走穴归来的同学。我听着大家分享各自走穴的"奇葩"经历，要了一份 8 块钱的菜泡饭，又点了一份十来块钱的红烧肉，一个人愉快地吃着。这一晚很奇妙，感觉自己是因为穷才会去做这样的事，可是在 5 号吃着 8 块钱菜泡饭的时候，又觉得有种不管怎样，我都能养活自己的莫名自信。

吃完饭，同学们一起走回隔壁的宿舍。那晚不知怎么的，延安路后门没有锁，我们走进校园，有人唱起歌来，歌声中，我忍不住展开手掌，想看看自己有没有财运。我的掌纹很乱，没有一根线走到头。在宿舍楼旁的星空下，我想着，以后的圣诞，我会在哪里呢？

2004 年，我在纽约过圣诞。圣诞忽然从一个我习惯用来挣钱的日子，变成了一个真实的，家家户户要过的节。学生宿舍门口都挂上了圣诞花环，人们开始用邮件发各种带音效，带土土照片的电子贺卡，从星巴克到 Dunkin' Donuts（唐恩都乐），哪怕买个甜甜圈，都不得不跟收银员聊一句圣诞要去哪儿，然而我其实并没有地方可去。

圣诞节前的最后一节课，我们看了一个同学拍的诡异的关于老年性工作者的纪录片。片子的第一个镜头，是一位 60 多岁，花白头发的性工作者打开大门，像任何一个老奶奶一样慈祥地请摄制组进去。拉开抽屉，我们以为她会递上饼干、巧克力……不，是一抽屉形形色色的性玩具，我唯一看得懂的，是有块用来打屁股的板……那是一个出乎意料、既荒谬又现实的片子，老太太说了她的家庭，说了圣诞快乐。片子结束了，我们圣诞前的最后一节课也结束了。老师带来了酒，我们大家互换了礼物，我的"出位"女老师送了我一沓很妖娆的定制纸巾，上面用中文大字写着"美，但家务无能"。她还送了我一条极短极性感的小沙滩裙，我意识到，在她想象的世界里，我是一个有生活的人。

可我实际上并没有什么生活。整个圣诞假期，我并没有什么地方可去。那还是用 IP 电话卡，几美分可以打多少分钟长途电话的年代。我回到家，打开电视，在一片乱七八糟的圣诞歌背景中给我爸妈打了一个电话。妈妈接了电话，问我有事吗，我回答说也没什么事，学校放圣诞假了。妈妈那一代人对圣诞节大概比我更没有感觉，她说："哦，放假了你可以好好歇歇。"之后，就是长久的沉默。我想说什么，但是又确实不知道该说什么，就挂了电话。

留在纽约的，只有我和我的两个印度同学。我并不喜欢我的印度同学，平常从来不跟她们玩，关于她们，我常有很多政治不正确的评论会私下吐槽，但是这个晚上，我鬼使神差地，给她们俩打了电话。

她们正好也无处可去。"去哪儿呢？"她们问。我想想说："带你们去 Flushing 吃火锅好吗？"

这两个平常只吃咖喱和沙拉的人居然同意了。就这样，我一个上海人，带着两个印度人，坐地铁去 Flushing 的上海滩吃了顿火锅。这两个人不是素食主义者，我带着她们涮白菜，涮羊肉，涮了虾和蛋饺，蘸着沙茶酱吃，又点了小笼葱油饼，告诉她们怎么吃 soup dumpling（汤饺）汤才不会溅出来。

那个晚上我们喝了点啤酒，三个从来不在下课后交际的人，竟然从陀思妥耶夫斯基聊到是不是应该在麦肯锡找个男朋友（答案是：不，不要）。一起从饭店出来，走进 Flushing 黑夜的时候，我们甚至开始有点喜欢彼此了。

坐地铁回家的时候，印度同学先到站，下车前她们说等过了圣诞假，她们要带我去吃印度菜。我站在车里，对她们说好的，一定要去哦，心里知道，这就跟"改天我们再聚"一样，是一件不会发生的事，然而毕竟这个晚上，我跟一些人，不管是谁，说上了话。第二天热着前一天打包回家的葱油饼，我觉得电视里那些圣诞歌，其实还蛮温馨的。

转眼到了 2009 年。我在一家出版公司工作，出版公司也有库存，到了年底，卖不出去的书就要送回厂里化浆。一年到头为了这些书忙碌，我不想看着它们被化浆。想来想去，我们决定在丰台的库房里，做一次图书的清仓活动。谁愿意去丰台看图书清仓呢? 除非我们把它做成一个大学圣诞派对。

我们在一周里出了一个方案，找到了一家饼干赞助商，他们赞助了我们从市区来往丰台库房的大巴、整箱的好吃饼干、各种饮料和现场的音响设备。库房极冷，我们费了老大的劲，跟消防打了种种交道，最后获得消防许可，搬了取暖设备在库房。一场为了清仓而举办的圣诞派对筹备完成了。

现在只差客人了，我们出版的主要是青春类图书，受众以大学生为主。同事跟着我在大冬天去北京的各个院校"扫街"，一个个学校去发传单，邀请同学们去参加我们的"很酷很酷"的圣诞阅读派对。

真的被我们找到了很多愿意参加的人。圣诞夜的库房里热闹极了，学生们一边吃东西一边听音乐一边挑打折书，我一边在安排大家来回的车次，一边跟同事们介绍各种图书，分发吃的给同学。忙得不可开交的时候，当时正在跟我约会的那多老师忽然出现在丰台的库房里，给我带了两个暖宝宝。那天也是他的生日，我分了他一个暖宝宝，仓库里不能点明火，没法给他点生日蜡烛，我们只好站在取暖器边上和他分食了一袋饼干，也算是跟他过了个生日和圣诞节。今年再说起这件事的时候，他已经完全不记得了，而我清楚地记得那天我们吃的是奥利奥。

转眼又过去了一些年，我开始做"高跟73小时"（73Hours）这个品牌。今年的圣诞，我们要在北京西单汉光开一家新店。因为雾霾，开店两天前，所有的货都堵在路上，不知能不能到；因为雾霾，全国的工厂都在整顿，从做货架的，到鞋厂做大底的，没有一家供应商能按时交货。一贯冷静的同事开始看星座运程，看看水逆是不是又开始了。一片兵荒马乱之中，我居然也没有很暴躁。因为经历了这些年的难忘的圣诞夜之后，现在的我不用看手相，不用打电话给妈妈，不用看星盘，也知道所有的事情都会一点点得到解决。

因为这是圣诞，这个世界上，没有糟糕的圣诞。真的，没有糟糕的圣诞，圣诞快乐！

20 岁出门远行　　／

　　1998 年春天，在上戏学主持的我得到了一个活儿：给建设雅马哈在江浙做 9 个周末的商场路演，一周两天，每天 8 场，主持费用一共 2 万块钱。

　　当时我的学费是一年 4800 元，学校边上弄堂的小饭馆里，所有的菜全部点一遍，花 90 块钱就够了。2 万对当时的我来说，是一笔巨款。周末回家，我兴奋地对爸爸说我要挣钱了，每周要去外地，又能玩又能拿钱。爸爸喝了口茶，擦了擦眼镜上的雾气，想了想说："第一次演出是去

The Soul
Wrapped
in
a

Size 2
Dress

───────

026

哪儿？我先陪你去看看。"

第一次演出在余姚。建设雅马哈的整个供给保养车队一路浩浩荡荡从重庆开过去，雅马哈本部的日本工作人员、广告公司的执行则等我周五放学了，和我们一起从上海出发，等火车，换汽车，到店里彩排的时候，已经是晚上 11 点多。

说是商场路演，实际只是在当地雅马哈经销商的店门外，搭了一个小背景板做促销活动而已。深夜里，经销商店里的工作人员已等得不耐烦，打着哈欠催我们快点走台。

台其实也并没什么好走的，就是我穿着雅马哈的工作服上台，向大家介绍一遍新车型的性能、价格，然后，工作人员会端上一个抽奖用的玻璃盒子，我从里面抽出写着数字的乒乓球，给幸运观众颁奖。

我是第一次主持现场活动，彩排时一说台词就很紧张，日方的工作人员非常非常严格，每说错一句就要纠正，要求完全跟稿子一模一样才行。到 1 点钟，一个十几分钟的流程居然还没走完。爸爸不知何时拿了一个保温杯出来，杯子里泡上了西洋参和枸杞，隔一会儿就端上来给我喝一口。

快 2 点了，我在前不着村后不着店的城乡接合部摩托车店门口，一遍一遍地说着台词，昏黄的灯光下，有蛾子在我边上飞来飞去，经销商留下看店的店员已经睡着，我的父亲看着我，一遍一遍准备其实早就应该倒背如流的功课。

"我们不做了吧，明天跟我回家。"爸爸忽然站起来说。现场一下安静下来。我无比尴尬地站在台上，偷偷看着甲方的脸色，心里暗暗懊恼自己居然会带着爸爸来走穴。

我需要这笔钱。我已经想好了要把它存起来，假期跟男朋友去他老家玩，我也想好了要跟好朋友鲍鲍每次接完广告挣钱了一样，请同学们去吃火锅，最重要的是：这将是我的第一笔真正的重大收入，我自己挣来的。

广告公司的项目经理是小马，是一个瘦瘦高高，永远斜背着一个大包，弓着腰的广州小伙子。也许这也是他第一次遇到这样的事情，他抓狂地在爸爸和日方工作人员之间来回协调了很久。我一个人呆呆地握着个话筒站在台上，看着他们聊天，仍在深深懊悔带着爸爸来演出。

最终的结论，是让我先做完这周这两天的活动，看看情况再说。当天的排练到此为止，我可以先回去睡觉了。我和爸爸到了酒店，各自拿了房间的钥匙去睡觉，全程，我没有跟他说一句话。

The Soul
Wrapped

in a

**Size 2
Dress**

028

第二天 11 点，第一场活动开始了。我穿着雅马哈的车手制服，哆哆嗦嗦地上台，不知怎的，竟流畅地背完了整段介绍，爸爸就坐在店门口的长凳上，拿着保温杯微笑地看着我。"这是他第一次看到我的演出呢。"这个念头忽然在我心中一闪而过。

接着是抽奖，舞台不高，我瞬间被蜂拥来抢奖品的观众包围，小马拿过一个话筒喊着要大家保持秩序，我小心翼翼地保持镇定，让自己不要被人群冲倒，没有再看到爸爸在哪里。

就这样，每过半小时做一场活动，中午休息两小时，结束了一天的路演。晚上，车队的人自己开伙，我们和小马去吃饭，他说："赵小姐，今天您主持得挺好的，我们商量，准备再给你加 5000 块钱，你把接下来的几周活动做完好吗？"我看看爸爸，爸爸夹了一筷子鱼，慢悠悠地说："好啊，但以后我还是陪她来吧，我所有的交通食宿费自理。"

就这样，20 岁的我，开始了每周由爸爸陪同走穴的路演生涯。每周五，我想尽办法提前离开学校，让鲍鲍帮我去专业课点到，让男朋友给我开假条，自己打车火速赶到火车站、汽车站或者机场去跟爸爸和小马碰头。十有八九，他们总是早就拿着票焦急地在站门口等着我，我们上气不接下气地找到自己的座位坐定之后，小马总会长吁一口气说："哇，赵小姐，今天好险啊！"这时，爸爸就会拿出保温杯，让我喝一口他给我泡好的西洋参枸杞汤。

我和爸爸很亲，然而相处的时间并不多。我小的时候，他大部分时间都在香港出差，童年印象之中，对他的记忆，就是在巷子口等到出差回来的爸爸，然后屁颠屁颠地跟着他回家，给我礼物。

　　一年就见那么几次，从爸爸的礼物，就可以看出他对女儿成长进度的生疏。有时候，他会给已经上小学的我带积木，有时候，又给只有十来岁的我带各种护肤品和带着垫肩的西装裙。整个少年时期，妈妈从来没有给我买过衣服，因为家里堆满了爸爸每次出差给我带回来的不合身的裙子、毛衣和不合脚的鞋子。

　　爸爸退休那年，我正好去上大学。他推着我的自行车，把我的蚊帐、被套、枕头、热水瓶七零八落地往上捆，陪我走到离家只有几条街的大学宿舍。到了宿舍，我处于终于得到自由的快乐之中，去别的寝室跟新同学们自我介绍、聊天，等回到房间，看到爸爸已经帮我归置好了所有东西，安上了蚊帐铺好了被子，呆呆地站在空无一人的宿舍里抽烟⋯⋯

　　总而言之，1998年的春天，我和爸爸每周一起远行。深夜，我们叫的黑车在泥石路上颠簸，每颠一下，小马就会撞一下头，发出哎哟一声，逗得我们大笑；中午，我们溜出去到附近的饭店吃饭，爸爸喜欢吃臭豆腐、霉千张，在浙江简直是落在米缸里，每顿饭必点这些臭烘烘的东西，搞得我每次吃饭都感觉像是坐在厕所门口；每周六的活动结束，雅马哈车队的重庆师傅会邀请我们去他们的帐篷里吃火锅，我在那时发现，原来我心目中万能的爸爸不能吃辣；随车的日本甲方有一位特别特别认真的工程师，每次大家都去玩了，工程师就一个人把展台上的车全部擦一遍，每次看到这一幕，爸爸就要对我说一遍，看到没有，以后也要这样工作。

20 岁，我每周和父亲一起远行。他带着我坐火车、汽车、飞机，到各种各样鸟不拉屎的雅马哈经销商店门口去走穴，付他自己的交通食宿费，还常带我去好饭店给我加餐。他总是带着那个保温杯，泡好浓浓的枸杞参汤，自己一口都不喝。他会一个人去角落抽烟，他会大声跟日本人一起 K 歌，他也会喝威士忌喝到蒙，但更多时候，他只是在台下，看着我。

9 周很快过去了。经过了 100 多场基层路演的集中训练，我很快成了很多公关公司爱找的活动主持人，商场开业、工地奠基、产品发布、行业讲座……多奇怪的场景我也不会害怕。快毕业的时候，我已经给自己攒了小一半留学所需的学费。有时深夜做完活动，从外地赶回学校的路上，我会偶然想起跟爸爸一起走穴的生活，想想这个时候如果有爸爸在，他会有一杯参汤给我喝；又有时候，如果甲方欺人太甚，我会婉转地拒绝过分的要求，因为我会想到自己的爸爸，我也是有爸爸曾这样守护过的女儿。

后来我去读书、工作、恋爱、创业，为了些有的没的事忙得没有工夫着家，两年前爸爸去世了，1998 年那 9 个周末，是我一生中跟他相处最长的时光。

上周，我去参加一个商场的活动，看到一个年轻好看的主持人，在秋天的购物中心一楼，很机灵活泼地主持商场的周年庆典。领导讲话、表演、抽奖……"你知道吗？我也走过穴呢！"我对老公说，"还是爸爸陪我去的。"

其实，我一直很想为了那 9 个周末，谢谢爸爸。

凌晨 4 点的夜　　／
是什么颜色

我当然也不是生来就失眠的，只是不知道为什么，活了这几十年，几乎总在跟睡眠较劲。有些人生来就会的事，到了我这里，似乎就变得格外难一些。

小时候不肯睡，因为我总疑心一旦睡着了，大人就会瞒着我吃好吃的东西，玩好玩的游戏。没承想竟然真的被我抓到了一次。有一年过年，我从睡梦中醒来，看到大人们守着电视，桌上放着满满的零食，大白兔奶糖、话梅糖、白糖杨梅、松子、花生，一把一把地抓着吃。我在床上看着，急得大哭起来，吵着要吃松子，我爸对我说："松子不能吃啊，是长在树上的，树啊，就是木头啊，桌子、椅子能吃吗？不能吧，所以松子也不能吃。"

我将信将疑地含着眼泪睡去了，但是心里更加确信，我睡着的时候，大人的世界一定会发生些奇怪的事。

奇怪的事果然又发生了。有一天我跟父母住，晚上死活不肯睡觉，想要去外婆家。爸妈被哭闹的我吵得没有办法，两个人一商量，决定由妈妈用大围巾把我包裹得严严实实的，把眼蒙上抱出门去，一路还跟我念叨："我们现在出门了哦！""我们现在走到院子了哦！"忽然，我妈故作惊恐地大叫："糟糕，我们现在碰上大灰狼啦。"这时我爸就负责戴着毛茸茸的手套上来，以狼先生的身份来摸我的脸。我吓得一动不敢动，乖乖回去睡觉了。

30 多年后，我曾于约会时随口跟那多老师说过这个大灰狼的故事。我们婚礼的时候，那多老师在台上对我爸妈说："爸妈请放心，从此以后我会扮好大灰狼，不让若虹随便跑出院子的。"我在台上忽然哭起来，哭得鼻涕都流下来了。

进入青春期，在知识的熏陶下，我变得很容易睡着：做数学题会睡着，学物理会睡着。放学了，常常一回家打开作业本就睡着了，醒来已经是晚上，我就边听《相伴到黎明》边做功课。

《相伴到黎明》是档深夜广播情感节目。都市里的痴男怨女们通宵不睡，排着队打电话去跟主持人倾诉情感问题。我一边做着我至今不能懂的物理功课，困得直打瞌睡，一边听着各种女人怀孕、男人怀春，或是约会多年他却爱上了别人的桥段。

"大人的世界真的是太无聊了，让他们好好做一周物理作业，他们一定什么感情烦恼都没有了。"我每天听着节目，都会这样愤愤地想。后来我有天晚上真的试图打了热线电话给节目，想表达这个观点，节目的电话责编没有理睬我。

整个大学阶段，我的睡眠都奇好，如果没有课，我可以连续在床上睡很多个小时，直到一对一上课的专业老师到宿舍楼下喊："211 赵若虹，声乐课！"或是朋友在底下喊："若虹！去吃柴爿馄饨吗？"其实宿舍是有门铃呼叫器的，但大家都喜欢就那么在两栋宿舍楼底下喊来喊去，我也喜欢，就这样在酣睡中被喊醒，裹上大衣去上专业课，或者跟朋友去吃热腾腾的柴爿馄饨。

我进电视台的那年，他们正在进行万千次合并重组中的其中一次重组。我当时竟然还捞到了一个综艺节目做。然而好景不长，节目周周都要面对收视率下滑的压力，时常还有爱写信的观众去台里投诉，这个环节不对啊，那个主持人不灵啊……时值每个主持人节目动荡的时候，一点点事情都让我像惊弓之鸟，担心自己会没有饭吃。就这样因为这些大事小事的累加，我开始睡不着觉了。

那时我跟爸妈住在一起，深夜醒来不敢乱走乱动，生怕家人担心，问更多我给不出确切答案并且一定会让我更焦虑的问题。我不敢走出房间，每天就瞪着眼睛，望着天花板上的吊灯，等天亮。路上很安静，只有车子经过的声音，偶尔有喝高了的路人聊两句天，要等到马路上渐渐开始有垃圾车的声音，天才会亮。

一天又一天，我就这样被卡在黑夜和白天的缝隙之中，等着垃圾车开过来的声音，每一晚的失眠都像经历一场黑夜中的荒野流放。那时候20来岁，野心勃勃，梦想还躲在心里蠢蠢欲动，每天等垃圾车的时候，我都觉得未来的一切似乎都不太是我想要的样子，工作好像不是我适合的，爱情也还没什么谱，现在改变还来得及。

我决定离开上海。

也许是因为压力值不一样吧，或者是因为在美国的冰天雪地里上学太耗体力，重回校园，我的失眠问题不治而愈。在纽约也是，在鸟不拉屎的纽黑文（City of New Haven）更是。一周也许有几天需要熬夜，剩下的时间，我会先吃完一个奶酪汉堡，或者就着小肥羊调料吃个火锅，吃饱了就去疯狂补觉。

周五晚上开始睡，我常常能睡到周六的晚上。

做各种各样的梦，梦见我在 *Kill Bill*（《杀死比尔》）里，试图杀死Bill；梦见我在泰国带领着和尚们起义；梦见外婆在我的火锅里煮了她包的蛋饺；梦见我住的那栋公寓楼里有个鬼进来坐在床边跟我聊天。

那时候有一家爱开派对的邻居，隔三岔五地就召一堆人来家里，开着震天响的音乐玩。每次我一个人天寒地冻梦见鬼压身的时候，他就兴高采烈地在楼上交际。两相对比，显得我格外凄楚，我气得去敲门、骂人、报警。

最后还是报警管用，警察说："你们这栋楼是怎么了，已经好几个人报警投诉，真的吗，周五在家开个派对，能吵得全楼的人不太平？"我不知道其他报警人的心态是不是比我健康一点，报完警之后，我又愉快地睡着了。

酣睡的能力保持到 30 岁、31 岁的时候，我忽然又开始失眠了。那时我准备开始全新的工作，又刚刚开始约会那多（嗯，有出版社的工作经验打底，约会一名男作家听着比创业还具有挑战性——此处请作家朋友自动屏蔽我），一切好像又回到了 20 来岁才开始工作，第一次失眠的时候：工作、爱情，所有的事看上去都没有清晰的路径，而我此时，已经过了 30 岁。

这回的失眠来势汹涌，扛了 10 天之后，我开始吃安眠药入睡。关于安眠药，我的经验是不论增加剂量还是改变药品，药效都会渐渐变弱，但是突然戒药，又会导致失眠进一步恶化，所以，不吃药，你有可能明天变成一个急性疯子，吃了药，你有可能变成一个细水长流的类型化疯子……

我选择了细水长流，每天吃一粒药入睡，睡四五个小时。就这样，每天凌晨 4 点，我准时在黑夜中醒来，一分一秒地等着时间过去。白天的情绪、压力，在此时被无限放大，这时候黑夜是如此安全而温暖，让你想被永远收留，谁会需要光亮。白天，听上去是一件多么麻烦的事。

凌晨 4 点，是我最想要逃去海边的时候。巴厘岛或者三亚，要那种可以在温暖的海风里趿着拖鞋"吧嗒吧嗒"跑出满鞋沙的地方。睡不着，起码听得见浪花扑打黑夜或者小情侣们压低了嗓音调情——黑夜的寂静里，我就这样想着海滩边湿湿的沙，这时候兔兔会跑过来，把爪子递给我握着，远处有小野猫传来有点凄厉的叫声。

凌晨 4 点醒来，上厕所、喝水、冥想，看所有能看的书，上网去看在不同时区生活的朋友，跟他们聊几句。幻想自己在黑夜中一个鲤鱼打挺出去劫富济贫，实际上打开冰箱把零食消灭得一干二净。时间变多了，我多做了很多事，及时回复所有的邮件，回复每个客人的私信，看了很多本想用来催眠的书：巨大骚乱中如何逃生，欧洲的梅毒是怎样产生的，澳大利亚考拉曾性病泛滥……

一年后，我掌握了好多连饭桌聊天都用不上的冷门知识，甚至开始考虑重新读一遍数学……与此同时，那多老师天天都在我旁边鼾声如雷，读者们可以想象我需要怎样的毅力，才能忍住不把他从床上踢下去。

就这样失眠了七八年，我的生活虽然发生了很多的变化，再也不会像几年前那么惶惑，但不管创业也好，家务也罢，总有些值得担心的事，失眠似乎成为常规——人总不能什么便宜都占全，再好的人生，也总有个 catch（坎儿），我这么安慰自己——直到不久前，有个朋友神秘地给了我一些阿拉斯加的野生灵芝。

我熬了灵芝汤喝，那一晚，我睡足了整整 10 个小时，早上醒来的时候，觉得空气甜美极了。这是 8 年来我睡的第一个酣畅淋漓的觉，好像回到大学校园里被老师叫起来去上声乐课的时候，又好像回到在纽黑文，酣睡一整天，中间起来举报邻居吵我睡觉的时候。

那天起床后走在马路上，我留意看着从我身边走过的每个人，心里想着，天哪，原来他们每个人每晚都可以有这样的熟睡，真是太幸福了——不，这并不是一个野生灵芝的广告，我之后试了各种各样的灵芝，再也没能得到过如那个晚上一般的完美睡眠。

那一年，　　／
我见完了一辈子的流浪汉

　　说真的，去美国读书前，我是想过留学生活会有多辛苦的，只是，我把故事走向想错了。我想象的读书艰苦，是像当年备考托福 GRE 一样，每天朝七晚二辛苦念书，图书馆遍布我的脚印，有一天借阅一本书，兴许身边正好还有个很帅的男同学微笑看着我……如此种种，但是，嘀——完全答错。

　　除了新闻伦理课、新闻写作课和纪录片史课，我们全部的时间，都被扔在纽约的大街小巷，带着摄像机和三角架拍片子。而这所充满左派新闻工作者的学院里，纪录片教授们最喜欢的故事，永远是：无家可归者、贫困、受到歧视的少数民族群体，以及同性恋人群。

为了功课得高分，我们要去各种各样的地方找无家可归的人。

公园、地铁、教堂、夜间法庭、soup kitchen（救济贫民、灾民的施舍处，流动厨房）……我觉得，在那一年多的时间里，我把我一辈子遇到的流浪汉的配额都用完了，同时，我对贫困的认识也在一步一步进阶。现在我闭上眼睛，都能马上闻到纽约地铁里，尿臊臭味混合着醉汉身上的酒气，再加上冬天暖气烘烤着的那股奇妙组合的气味。

第一次采访流浪汉，我太天真，自己拎着个机器就去了华盛顿广场公园。曾经，那是一个流浪汉和大麻贩子甚为活跃的区域。为了保障大家的安全，政府在整个公园里都装上了摄像头。流浪汉们有时为了表示抗议，会存心对着那些摄像头挥拳、骂脏话，或者唱歌、跳舞、表演。

我选择了一个穿着小丑服装在表演的流浪汉。大概是刘德华的《小丑》听多了，我居然会觉得小丑服里有一个能被我拍出孤单寂寞的灵魂，失败的痛苦与辛酸，岁月的累积，都可以由这位小丑用 5 分钟说出来，然后让我回家剪成这里一句、那里一句的小金句。

并没有什么小金句。这位小丑，是个酒鬼，酒醉中的酒鬼。他兴奋地拉着我在长凳上坐下，反反复复地问："你知道我是谁吗？你知道我是谁吗？你知道我是谁吗？"……这句永恒的问话持续了十分钟，天渐渐黑了，公园里的流浪汉越来越多，偶尔有只小松鼠会噌地从我们身边穿进树林，极大地增加了我的紧张感。

这时，有一队打完球的陌生男孩子经过我们身边，其中的一个注意到了我求助的眼神，很镇定地过来问我："哇，好久不见啦，你还好吗？今天 May 和 Kim 也在我们的派对呢，走啦，我们一起去喝一杯！"我感激得几乎哭出来，嗖地拎着我的机器站起来说："太好了！我当然要去的，我有好久没见 May 和 Kim 啦！"

留下醉酒的小丑，独自在长凳上看着对面的喷泉。

打球男孩子们特别绅士，坚持绕道把我送回了家，再三叮嘱我："在这个城市里，你一定要很小心，不要随便跟这些人说话，不是每一次你都能碰上我们，和虚拟的'May'及'Kim'的。"

然而我无法小心很久。没过几天我们就被派去拍"死人口"了：每年冬天，纽约降温的时候都非常冷，这个时候如果无法在教堂或者庇护所找到容身之处，在户外就很有可能被冻死——极冷的寒夜过后，警察常会在公园里清出流浪汉的尸体，所以去拍教堂、庇护所、地铁站和公园这一条线，被我们偷偷称作去拍"死人口"。

我是个情感脆弱的人，尤其不喜欢去庇护所和教堂：因为流浪汉太多，庇护所太少。每天晚上六七点的时候，教堂或者庇护所施过了粥，就开始摇奖，大家或是写一个数字放进盒子里抽奖，或是真的就像体育彩票一样有个转盘，一两百个人里，摇到奖的人当晚才能留下，其他的人，就得去别的地方碰运气。有些人连着赶了几个点都没摇上号，就只好带着自己的被窝、铺盖，赶去能够生火的公园空地给自己找个暖和的地方。

流浪汉里有非常多深受 PTSD（创伤后应激障碍）困扰的老兵，绝大部分都拄着拐杖或是坐着轮椅。剩下的一些里，年迈的，多是有酒精或者精神问题的人，年轻一些的，很多是从小就在街头生活的孩子。连续几晚看着没有中奖的人沮丧地收拾好自己的东西重新走上冰冷的纽约街头，对我来说，是一个巨大的心理考验——我有一个读新闻写作硕士的男同学，当时跟我们一起去了一家教堂，决定留下来，尝试过一周流浪汉的生活，写一篇深度报道。一周后他回来了，绿色的运动裤沾满了泥灰，头发乱蓬蓬的，感觉随时会有什么虫爬出来。我们问他这几天过得怎么样，他没有答话。

他始终没写出那篇关于流浪汉的深度报道。但好像是在去年，我偶然看到了一篇他写的都市贫困故事，虽然他讲述的是 2015 年的故事，但不知怎的，我觉得他写的，就是那个 2004 年年底，每天跟着流浪汉摇奖找住处的那 7 天。

流浪汉故事也不总是忧伤的，有时候它们也元气满满充满喜感：有一天，我们惊讶地发现，纽约地铁站不是一个流浪艺术家可以随便挑位置卖艺的地方，所有的位置，都是按地段和人流量安排好，根据每个流浪艺术家演出的实力分配给大家的。

每年，想要在最好地段表演的艺术家们，需要去申请参加地铁公司组织的选角会，根据自己的演出表现，被分派位置——纽约地铁公司当时还有专门的星探，工作就是每天坐各类地铁线路，沿站听艺术家们的表演，从中发掘优质的流浪艺人（我们那一年，纽约地铁公司好像还出了一张叫《地铁之声》什么的、名字土得掉渣的专辑，向人们介绍纽约地铁站里蓬勃发展的多元化街头艺术）。

顺便说一句，从 1994 年到 2004 年，每年在这个地铁真人选秀中得第一名的，都是一位老伯伯，他发明了自己的一套独特装置，可以同时用嘴吹口琴，用脚踩风琴，并且操纵木偶娃娃跳舞，这个可爱的表演连续 10 年独霸全纽约地下铁的时代广场站最黄金地段，他是街头卖艺行业的巅峰人物。

2005 年放完春节年假，我去拍了我人生中的最后一个贫困故事：当时纽约市政府削减了对某个社区慈善项目的预算，社区中给无家可归人群的过渡性住宅将会因为经费问题被关闭——这回轮到我和我的英国同学 Kim 一起去拍这个片子。

经过大半年的历练，我们已经可以做到对各种危险因素见怪不怪，昂首挺胸地拎着机器在醉醺醺的人们中间走进这栋过渡性住宅（给姑娘们传授一个在不安全社区中的自我保护技巧：在危险的环境中，尽量不要跟陌生人有眼神接触，不要回应人们对你的任何评论，要目不斜视地往前走）。

这个过渡项目，在一栋政府公租屋里，有一切公租屋都有的尿臊味、大麻味、酒精味……走道上有涂鸦，有人在楼道里大唱诺拉·琼斯（Norah Jones）的歌，也有人在楼道里因为少了钱而大声咒骂。

奇异的是，我们每个随机抽到的采访对象都觉得这里是天堂。有个黑人小伙子说，他没有见过他的父亲，妈妈因为酗酒患有精神障碍，从小就带着他在街头生活。"馋了的时候，我就去麦当劳，拿几袋他们的番茄酱，一点一点吮，天哪，那真是好吃的番茄酱啊！"后来，这个小伙子在这个过渡屋里，得到了政府的经济援助，完成了汽修工的培训，正在找工作。"我的整个童年、少年，都被体制一次次打败，也许这次，我可以打败它！"他高兴地对着镜头说——他并不知道这个地方马上就会被关闭。

我们采访了中心主任，采访了新旧住客，当我们准备走的时候，一位黑人大妈端着两个纸杯蛋糕来请我们去楼下的艺术工作室里喝咖啡。"我一辈子都住在街上，我想着如果有一天我可以有个家，我就要学烤蛋糕，请朋友们来吃。这里有烤箱，这些最美丽的工作人员给我买了面粉、奶油，教找烘焙，我觉得我明天死掉都可以！"

大妈一边带着我们往地下一楼的艺术工作室走，一边说个没完。她的英语说得有点奇怪，语音是标准的 urban（具有城市或城市生活特点的）口音，但语法是凌乱的，说到最美丽的人，她用的最高级是"beautifulest people（最漂亮的人。这里语法是错的）"。

走入地下室，我和 Kim 惊呆了。这个房间里放满了由住在这儿的前流浪汉们创作的油画、雕塑，墙上贴满了诗歌。我当然知道被精神疾病困扰的人群里，有很大一部分是艺术天才，但是在那 30 平方米的房间里，我们反反复复地看着每一幅画、每一个雕塑、每一首诗，久久无法成言——我在上戏接受了四年严格的艺术本科教育，Kim 是剑桥英语文学专业的毕业生，击倒我们的当然不是这些作品的技巧和结构，而是色彩和情绪，强烈的色彩和情绪——嘶吼、痛苦、绝望、呐喊。

大妈热情地给我们倒上了咖啡，Kim 和我埋头喝着咖啡，谁也不知道该抬头说什么。临走的时候，Kim 对我说："你看到那幅画上的字了吗？我做梦都没想到能在这儿用上我学的拉丁文，那意思是'生活与希望'。"我听了，再也忍不住，拎着三角架，头也不回地流着眼泪走出了这栋楼。我背后的走道里，那个不知名的人依然在大声地、走调地唱着诺拉·琼斯的歌。

大妈留了一个我们的电话号码，说再过一个半月，是她的生日，她要烤一个草莓蛋糕给我们吃。

她没有给我们打电话，一个月后，那个过渡中心就关闭了。我后来就搬去了纽黑文市，从此以后，都没有再拍过任何一个贫困故事。

之后的日子里，当我遇到人生的各种无法避免的处境时，偶尔会想起那一年采访流浪汉的经历，想到最后的一个采访，伴着我走出楼道的诺拉·琼斯的歌。人生当然不可能永远只有光，有的时候，夜的那边还是夜，夜的那边依然是夜，但哪怕在最深的黑夜里，也有歌声和祷告。这歌声和祷告，让我不管在有没有光的世界，都想一直走向前方。

盛装打扮的颜，　　／
素面朝天的胃

　　我非常喜欢过年，然而快过年的那几天，休息比上班累多了：美甲、美发、做脸、瘦身、补眉毛、补眼线……哪里都在排队，四处是想要倒饬一新过新年的女人，每分钟都得严格按照时间表进行才能赶上所有预约，否则就得等上几个钟头。几天行程赶完，心脏病都要出来了。

　　每家店里都热闹非凡：阿姨回家，小孩儿放假，被逼疯的女人们带着自己的猫、狗、孩子、男人一起上美甲美容店里排队，一会儿这个宝宝尿了，一会儿两只狗打架了，一会儿警察在外面贴条，要男人赶快冲出去挪车了，平常都挺高大上，讲究体面、私密的店，这时候人山人海、鸡飞狗跳。

为了及时排上好技师，我还对各种前台卑躬屈膝、逢迎讨好，如果我人生的前 30 年能够保持这样狗腿的程度，大概有更大的概率能成为成功人士。

接着是买新衣服、新鞋、新内衣。几乎每一年，临近过年一个月我就开始想要穿什么，早早买了新衣服回家，可是每过一周就变卦：体重增长了，小裙子塞不下了；天气变暖了，原来那件太厚了……个个都是改主意的理由。

一直折腾到小年夜快递都停了，高高兴兴去商场里给一家人买新衣服。红裙子自己穿，红狼爪给婆婆，红围巾给老公，给妈妈买红跑鞋……

我好朋友 Stella 说了，过年还得穿红内衣，来年才会红得由里而外，直接后果是我的抽屉里全是各种平时蛮难穿上的红内衣。买内衣的时候是那多老师相对比较起劲的购物环节，他常热心地凑过来问："你说这些内衣品牌怎么来来回回就这几张模特上身图，也不换个人啊？！"

从头到脚大修完，就可以回家严阵以待，等着过年了。大扫除、买花，初几去谁家、带什么拜年，平常家务技能为零的我此时如临大敌，深感习以为常的生活开始变得有些难办。

夜深人静的时候再一刷朋友圈，每个日理万机、出差不断的女超人此时都在晒贤惠，怎样在没有阿姨的情况下带了一整天的娃，做了哪些好吃的给家人，原来做菜也不那么难……（那个，可能是我的打开方式不对，反正过年过节主妇亲自上阵的朋友圈里，照片里的孩子看看忌没有平常干净精神，家常菜就算加上了滤镜，也基本都是黑魆魆一片，真正让人心悦诚服冲上去点赞的，大概不会超过 5 个……）

手忙脚乱地，我盛装打扮好了等过年。我真的喜欢过年。

除了穿新衣服，过年总有特别多平常吃不到的好吃的：熏鱼、蛋饺、风鸡、八宝鸭、八宝饭、汤团……小时候过年的那几天，老阿姨回家，我就形影不离地跟在外婆屁股后面看着她备好吃的年货。晒台上吊好风鸡风鸭，去旁边弄堂里磨水磨粉回来准备包黑洋酥汤团，用不锈钢勺子一点点在滋滋响着的锅里做蛋饺，多下来的蛋皮就直接让等在灶台旁边的我吃掉。

我两三岁的时候，有一年过年，外地的亲戚送来了两斤橘子，外婆去洗衣服了，给了我一个橘子，其他的就顺手放在玻璃台板上。我吃完了手里的橘子，觉得实在好吃，就爬上椅子，去够玻璃台板上的橘子。

外婆洗完衣服回来一看，我站在椅子上，把所有橘子全吃完了。据我妈说，我现场挨了顿揍不算，之后的两天，嘴上还起了一溜泡，拉出来的屁屁全是橘子。可是直到今天，我仍然觉得当时并没有白吃苦头，橘子依然是我最爱吃的水果。

我还爱藏糖，去谁家拜年，大人给的压岁钱被妈妈收走了，糖果是可以留给我自己的。平时大人不让我多吃甜的，过年那几天，我天天抓着一兜糖果，回家紧张得不行，这里藏一点，那里藏一点，常跟松鼠囤松果似的。藏着就忘记糖果放哪儿了，等过完节妈妈发现哪个枕套粘住了，哪个床头柜里化了一摊巧克力，又是逃不掉的一顿打。

偶尔，我也会跟着爸爸回家过年。我爸爸是福建人，家里兄弟姐妹太多养不活，就把他过继给了马来西亚的有钱的姑姑当儿子。等他回国，其他孩子也都已经长大，散落在全国各地生活。因此，他格外珍惜过年的时候，一家人难得的相聚。

一家亲戚里，三姑家的房子最宽敞，南洋风格的老别墅，有巨大的院子，院子里种着杧果树。到了果子成熟的季节，我们一群小孩儿就天天等着大风起，把杧果吹下来给我们吃。

北京的大姑、西安的二姑、江西的玉文姑姑、美国的小姑、香港的叔叔……拖家带口地来过年，就都住在三姑家里。三姑得了奶奶的真传，厨艺了得，每天就带着两个女儿，从早到晚在厨房里哼着歌，给几十个人做早饭、午饭、点心、晚饭和夜宵。

奶奶不会说普通话，跟我们这些一年见不上几回的孙辈没法沟通，就不停塞各种好吃的给我们。

早上去跟奶奶问好，她微笑着对我叽里咕噜说一通话，塞给我几个橘子。一会儿我路过客厅，她坐在那里喝小老酒，又招手叫我过去，给我一小块炸年糕。下午偷偷端给我一碗扁肉燕，晚饭后又不知从哪里变出一些鱼丸、线面。

那几天，家里晃悠着的孩子实在太多，奶奶年纪又太大了，我怀疑她根本没搞清楚谁是谁。有时候她5分钟前刚给了我块年糕吃，过一会儿看见我在院子里晃悠，又神秘地拉着我，塞给我一块年糕吃。

到了年三十的那天，实在是热闹，外地赶来的亲戚，加上福州本地的叔叔伯伯们全家，凑在一起总共有七八十个人。三姑拼拼凑凑借来10张圆台桌，正好摆满整个客厅。

天还没开始黑，好吃的就上桌了，荔枝肉、糖醋排骨、红鲟蒸粉

Size **2**

被裹在美艳的
2号连衣裙里时，
确实
更幸福些。

size 2

裹在 2 号连衣裙里的灵魂 ╱

筹备"高跟 73 小时"的时候，项目进行到了每天都在往外付款的时刻。有天起床，我思来想去，愁苦地对那多老师说："这样下去不行，我压力太大了，要不你来帮我管钱，我只负责往前冲，永远不要让我知道自己的经济状况。"

他同意了。我想了想又说："你等等，我要和我的钱有个正式的告别，让我们一起去做件我们最爱做的事。"说罢，我打开淘宝，买了第 29 件小黑裙。

我的一生，好像都是在购物间隙中度过的。从小时候跟着妈妈在淮海路的布店里，目不转睛地盯着发票夹子在铁丝上"咻咻"地飞来飞去，到现在每天睡不着觉的凌晨 4 点，还能红着眼睛在淘宝上看羊绒衫，几十年似乎一眨眼就在结账中过去了。

我承认我是消费主义的受害者，为此非常羞愧，但后来重看《撒切尔夫人传记》，年轻的女政治家在人生的每一个重要的关头，往往执着于写信跟姐姐讨论自己该穿什么裙子，戴什么项链和帽子。所以，我也想直面自己的灵魂：它被裹在美艳的 2 号连衣裙里时，确实更幸福些。

进上戏前的暑假，我和考前班的同学去逛淮海路，她带着我花了 20 元钱，买了一条莱卡面料的蓝白相间的弹力长裙。在此之前，我的每一分零花钱都花在零食上，从那天开始，孩子跟大人的边界消失了，我知道了我原来可以像大人一样，给自己买衣服了。那是我真正的成人仪式。

那条蓝白相间的弹力长裙，我至今还留着，每年都穿一次，它是我开始探索自己是谁的一件重要的纪念品，穿上它我好像就会对未知的世界更好奇一些——当然，人们会夸我依然能穿进 20 年前的裙子，也让我很爽（他们不必知道，那条莱卡面料的裙身早洗松了很多）。

整个大学时期，我都在华亭路买各种各样的奇怪衣服，试图找到自己合适的风格，最后却都以知道自己不适合什么收场。有时候我穿着松糕鞋，因为下楼梯时感觉不到脚底而摔跤；有时候我穿着超短裤、露脐装"招摇过市"，会有老太太过来说小姑娘这样不行的，要得宫寒的；又有的时候，我穿着黑底绣花的香云纱中式外套，像大佬的女人一样在街上严肃地逡巡。

　　那条短短的华亭路对我来说，除了有衣服卖，更像是一个奇异的浓缩版的成人世界。我学会了货比三家，学会了察言观色，也学会了在快收摊时去买东西，假装要离开，让店主给我降价。

　　当时我的男朋友是一个很憨厚、老实的家伙。有一天我好不容易把一条开价 68 块的裙子还到了 48，想再便宜点，假装问他这裙子到底怎么样，他竟然说："哎呀，大热天的，人家摆个摊不容易，68 就 68 了！"帮我把价又谈回去了，把我气得让他回宿舍之后帮我打了 4 天热水。

　　（写到这里，我问那多老师："提到前男友，你介意吗？"他深思了一下抬头说："我是不介意，但我怕你的读者介意……"嗯……interesting。）

　　如果讨价还价能力有一个光谱的话，前男友在光谱的这一头，我最好的闺密鲍鲍，则在光谱的另一端。她那时常常接活儿拍广告，或是去北京拍戏。我记得那时候房价不过几千元一平方米，而她拍一天广告能挣 7000 元。拿着这么多钱，她也跟我一样，天天就是在各种零食店买吃的，以及在华亭路逛来逛去。

去北京拍戏，她会从大老远的京郊花 180 元打车去秀水买东西。所有女演员都是天然的谈判家，她在还价上无往不胜。我记得有一次，她怯生生地告诉店家说："大姐我是学生，我只有 32 元，你把裙子卖给我吧。"结果成交后拿了一张 100 元让人家找。

所有的小店购物记忆中，让我印象最深刻的是有一次在新乐路的一家小店里，看到一个姑娘一边看衣服，一边大哭着打电话，上气不接下气地说："然后，他……他就不要我了……我在过去找他的路上……呃，看到一家小店衣服好看，过来看看。"

就是这样的，年轻时，衣服就是我们的战袍。失恋、失婚、失业？做脸、做指甲、买新衣服啊，把失去的尊严一点点买回来！我相信女人的每一种困惑，都可以在追求好看的过程中慢慢解决。

在上海做电视直播前惴惴不安的时候，我去买裙子穿（DVF，上镜有腰不显胖）；在纽约面对严厉的老师时，我去买毛衣穿（贝纳通，90 后的你们知道世界上有这个牌子存在过吗）；在公司总部做 presentation（报告）前，我去买好看的衬衫穿（Club Monaco，低调好看不夸张）。年轻的时候,一件新衣服,是我的战袍,是我的见证,是我的朋友,是我克服恐惧的方式。

女人为了抢到合适的战袍,能做出千奇百怪的事:比如鲍鲍会打电话来说:"我在哪里哪里买衣服,他们只剩一件你的号了,我果断买下来改小了。"又比如小张老师和珊珊在日本逛街,两个人都看着一条裙子犹豫不决,营业员老太太把郭珊珊拉到一边,用谷歌翻译告诉她,她的肤色美,穿这件衣服比小张好看,珊珊马上就付款买了那条裙子;乐乐每天都要问一遍:"赵若虹,你穿 M 码吗?为什么这件我只要 S 就行了。"全然不顾我第一万次的白眼。

最为夸张的例子,是一个姑娘在董家渡买旗袍,她喜欢的旗袍只剩一件了,有一个客人正在试。这位丧心病狂的姑娘对着试旗袍的女人说:"你穿这件旗袍有点胖,不好看呢!"那位客人冷哼了一声,秒速把旗袍买下来了,并没有上当。

同样是这些丧心病狂的女人,有时又会变得很不一样,鲍鲍会在我生大病时替我彻夜念经,把她最好看的连衣裙给我快递过来。珊珊会一针一线地替我缝婚纱,一边念叨:"你看你看,慈母手中线,游子身上衣啊!"乐乐会在我开店最崩溃的时候,给我带上护肤霜、防晒喷雾、好吃的豆沙包，又塞上两件厚实的衣服，以霸道总裁的口气说："你偶尔穿两件良家妇女的衣服吧你。"

"Amy，"在纽黑文的咖啡厅里，我的同学 Jennie 严肃地对我说，"对一个女人来说，应该穿什么，是她人生的终极问题，婚礼也好，葬礼也好，总统就职仪式也好，衣服才能说明她对世界的态度。"

5 年之后，Jennie 在自己的婚礼上穿了 Merchesa（玛切萨）"超仙"的婚纱，这是她从小女生时代起就想要的婚纱的样子。6 年之后，我外婆在过世以前，说明了"那一天"她要穿红色的毛衣，戴珍珠项链，指定要用百合花——葬礼上，她一生的好友朱奶奶来看她，穿着深蓝的毛衣，戴着同样的项链，身板笔挺，凝视了躺在棺木中的外婆许久，没有哭。

人到中年之后，我变得越来越忙，可每天加班，感觉筋疲力尽下一秒就要崩溃的时刻，或者出差归来，在雨夜中等出租车，哆哆嗦嗦地咳嗽的时候，我依然会拿起手机，打开淘宝、小红书，net-a-porter（颇特女士）……

虽然品牌说明里常常伤人地写着"中年女性日常通勤装"（你是有多不想做生意啊，店主啊，喂），虽然商品笔记里常让人难过地写着"给妈妈买了，她穿着很合适"，但我依然觉得什么也比不上一条小黑裙或者一件羊绒衫能在此时给我的慰藉。

快过年了，衣柜的挂衣杆断了，我开始被迫整理我的衣橱。小时候的自我探索，五花八门、琳琅满目的衣橱，已经渐渐变成了风格统一的衣帽间，一半牛仔裤、T恤、毛衣，一半各种各样好看，没什么机会穿，然而我一定、一定需要买回来放着，需要它在我人生中存在的连衣裙晚礼服。

就这样，摆脱了各种试错，不再需要战袍。我的衣服，是我的朋友。有可以跟我撸起袖子连夜加班的朋友，也有那种让我向往，让我能看到光芒和希望的朋友。

整理到大衣的时候，我看见了几件皮毛一体的衣服。那是我爸给我买的。从前逢年过节，我常塞给他钱，他拿了钱，就花双倍的价钱去六百、汇金之类的地方给我买这些又贵又土的大衣。这些衣服，直到他过世我都没有穿过，然而它们摸上去的时候很暖和。

忽然又想到，其实直到我上大学，买那条蓝白相间的裙子前，妈妈都始终没有给我买过衣服，因为长期出差的爸爸总是会在逢年过节回家的时候，给我带来很多不合身的新衣服。

　　过年之后，高兴地穿着那些有垫肩的套装，或是颜色古怪、晃来晃去的运动服去上学，我就是那样长大的。

　　我记得我就是那样长大的。

那个永不负我的航班　／

　　出差就像做梦，梦开始的时候你不知道自己会经历些什么。有时是难忘的好事，有时可怕得让人不想回忆。

　　我经历过一次比较重口味的出差，那是还在出版公司工作的时候，去济南书展为一个当时的大牌作者开新书发布会。书展期间，发布会场地很难找，公司预算又紧巴巴的，用不起展厅里的地方，我们只好提前在书展附近订了一个酒店的餐厅，60个人，课桌式布置，易拉宝、路引、签到台、背景板、音响、茶歇、饮料，全部订好，万事俱备，只等活动开始。

活动正式开始的时候，我们发现酒店拉了个屏风，把餐厅剩下的部分，租办了一场婚宴，并且居然没有提前跟我们说一声。记者们到了，开始群访作者，忽然隔壁就响起了司仪的声音，一通"各位亲友各位来宾"的吉祥话之后，人家新郎新娘就入场了。这边我们在讨论小说的现实意义，那边人家读誓词倒香槟切蛋糕并且好像还接了个完全不必如此被大声起哄的吻，参加婚礼的孩子们开始在我们的发布会里疯狂地跑来跑去，大牌作者的脸上红一阵白一阵，看了我一眼说："你牛×。"我徒劳地想要赶走那些奔来奔去、大声尖叫着的小孩儿，联络酒店管理人员，还努力假装什么事都没有地继续鼓励大家问大牌作者问题，继续发布会的流程。

回到上海以后，作者发了一封长长的邮件投诉我，写了 28 条意见，我确实也没什么好反驳的。

我一直就不太喜欢出差，舟车劳顿，办事辛苦之外，一个彻头彻尾的路盲，想要努力在外地知道哪里是北，整件事听上去就让有点控制狂的我觉得紧张。很多人觉得出差还可以顺便旅游看看不一样的风景之类的，可我去的那些城市，似乎长得越来越像：热闹的地方，都有一个星巴克、一个麦当劳、一个 Zara 或者 H&M，附近还有一个肯德基。

几年后我辞职了，辗转一番后去了一家新进中国的美国公司。新公司总部在北京，干着干着，我就变成了每周必须要去北京出差；再后来，随着业务的拓展，除了去北京，还要坐火车、汽车去各种二至五线城市（偏五线），就这样，开始了整整3年每周例行出差的生活。

办公室在三里屯热闹的地方，公司贴心地给我们这几个每周需要去出差的人在附近的高级公寓弄了套三室两厅的宿舍，楼下有健身房、游泳池，听上去十分完美。

每周一早上，我5点多起床，带上所有100毫升以内的保养品瓶瓶罐罐，拎着行李箱坐7点起飞的航班从上海虹桥直奔北京首都机场（MU5137，永不负我！）。8点40分一般就能降落，公司司机在机场到达9号门接上我一路飞驰，先在公寓放下行李，接着去办公室，等我买好咖啡走进办公楼，正好是9点30分。一般周一总是最忙的一天，开完这个会、那个会，晚上参加完各种各样的饭局，回到公寓，还有一个跟美国同事的电话会，被各种口音的同事盘问、敲打、"Challenge（质疑）"之后，差不多是12点。

当时常住在北京那个公寓的，还有同事婷婷（她几乎相当于把家搬到了北京那个公寓里）。这时候，我俩会坐在客厅里，分别敷上一张面膜，倒上一杯酒，一边有一搭没一搭地聊着各种八卦，一边在手提电脑上继续干活儿。有时我们一个在iPad上看网剧，另一个去扒女明星的衣服牌子，完全像是在女生宿舍。

这个公寓其实还不错，但不知是什么原因，每年夏天都在修水管，总有两三个月的时间没有热水供应。可神奇的是，楼下的健身房里，就总能有热水。于是那两三个月里，每天早上，我们拎着毛巾、内裤和洗发水，像小时候进大人单位的浴室一样，去洗个澡；再上楼换衣服打车，拎着电脑人模狗样地去上班。

我最喜欢婷婷，是因为她跟我一样毫无生活能力，这样，谁也不必嫌弃谁——有一天晚上我走进公寓，说婷婷你发现没，这公寓怎么这么暗啊。第二天公司张师傅来看了一眼，然后他给我们换了 13 个坏了的灯泡。我俩都不做饭，冰箱里除了啤酒、薯片之外空空如也，特别好，不招蟑螂等，当时我们为什么要把薯片放在冰箱里……

我是在北京开始喜欢上喝威士忌的。公寓说起来很近，但北京人民的所谓近，大概就是要步行 30 分钟的样子吧。冬天的下班高峰很难打到车，我常绝望地，像孙悟空喊唐僧一样地对着每辆路过的空车大叫"师父（师傅）"，也依然没有谁愿意接这么近的活儿。我和婷婷就拎着电脑在寒冬中哼哧哼哧走回家，进门就迫不及待地给自己倒上一杯威士忌，一口下去，暖到心里。

刚开始的时候，只和婷婷喝。后来，跟公司同事们熟了，下班一起去喝酒的姑娘越来越多。三里屯怎么会缺酒吧，今天这家女士香槟买一赠一，明天那家出了新口味的热红酒，我们就一家一家试过来，喝着喝着，我们成了彼此的好朋友，见证对方恋爱、结婚或者辞职、创业。

渐渐地，我又发现了有一群像我这样的人，每周都需要来北京出差，在周末回家。于是，我们这些人常常混在一起吃吃喝喝，成为一个行走的试吃团。当时还没有微信，我们这个出差团常在短信或 MSN 上吼对方一声，说走就走地去簋街排队吃小龙虾，上花家怡园吃麻辣烫。他们偷偷告诉我在哪个城市用谁家的员工证可以住到便宜酒店，嘲笑不懂东西南北的我在北京连问路都问不出个所以然来（你的左腿现在是在你右腿的南边还是北边，他们常这样问），飞机误点的时候，还互相通通消息，说现在哪些航班延误了，快退机票，直奔高铁站，不然这周回不了家了。

除了那班永不负我的早班飞机之外，班机延误，是"出差"这道人生题中的应有之义，尤其是到了雨季，延误的航班是如此之多——多得让我能追上每部在播的韩剧，看完每本乱七八糟的杂志，背得出来很多机场书店的陈列。

周一到周三在北京出差，周三晚上去一个其他城市，周四晚上办完事回上海，周五进上海办公室，中国放假的时候就去美国总部出一次长差，这样的日子我过了差不多 3 年。每个航班都在误点，每家酒店都差不多（昏黄得无法化妆的镜前灯，藏在各种奇怪地方的插座，要翻箱倒柜甚至给前台打电话才能找到的吹风机），每个周末，我都需要有整整一天躺在家里，一动不动地躺着，不停地告诉自己，这是躺在家里床上的感觉。

辞职的时候，我特别高兴，决心从此以后，除了旅行，再也不坐飞机。

半年之后，我贱贱地开始创业做鞋子。要找鞋子的供应链，没有人避得开东莞。

东莞刚扫过黄，传说中灯红酒绿的世面我都没有见识到。每个镇上都挺冷清，路过的厂房上常常都醒目地写着"设备转让"或者"吉屋出租"，我们住的酒店也空空荡荡，为了省钱，酒店的餐厅常常只开着一半灯。

每天晚上 9 点多，我们从工厂回来，路过空无一人的大堂直奔餐厅，服务员从暗着灯的那一边飘出来给我们端茶倒水上餐具，我们则直奔自助餐台，随便挑几样炒菜果腹。酒店的生意不太好，就格外会过日子，前一天晚餐有海带、炒蛋、炒青菜，第二天早上，把生冷海鲜台子一撤，换个人在那儿下面条煎鸡蛋，自助餐选项依然是海带、炒蛋、炒青菜。

餐厅空无一人，有时勺子不小心放得重些，都能听到回声。每到这时，管生产的涂老师就会对我说："赵小姐，这里从前可不是这样，9点多可是热闹的时候，门口的小卖部，买包方便面都要人挤人，外面的那排小吃店还要等位置……"

我累得说不动话，爬回房间去睡觉，酒店常常在我的床头放些奇怪的东西，有一次，是一只巨大的紫色的玩具熊。我洗完澡上床抱着那只熊，心里竟有点温暖。

到了年底，东莞就会热闹起来。人们从世界各地飞过来，为了拉斯维加斯鞋展赶样鞋。这时候去东莞，就能碰上形形色色的人。

有时候是被派来盯着工厂打样的美国设计师，他从前是冰球运动员，因为受伤失去奖学金，误打误撞开始学习设计，学会了中文就常常在东莞厂里盯样鞋；有时候是负责品牌生产采购的意大利人，聊着聊着就开始说起现在大家都去越南柬埔寨找工厂，原来的那些好工厂就快收了；更多的时候，是巴西人。我在东莞大概把几辈子的巴西人都看完了。做皮料的、开样品室的、开楦的师傅，很多人都常年住在东莞。不管你去聊什么，他们都要先请你喝杯咖啡，吃点点心，跟你说说他们在这儿做的鞋子怎么卖到美国，卖到英国，卖到智利。

有一次我喝着咖啡问开样品室的 Sergio："你也不是本地人，大老远地住在地球这边，你不想家吗？"他说："在东莞，没有人是本地人啊，我就把来这儿当成一个要出 5 年的差。"

　　上周，早已走散的北京出差团又通过微信联系上了，每个人的状况都有些变化，团长创业成功，财务自由，又开始新的一章，仍在不停出差。我说："为什么我们都这么讨厌出差，但都还要这样在路上呢？"他说："是啊，为什么呢？等我从北京出差回来，我们一起喝一杯吧。"

有一种不治之症叫……
拖延症

谢小嘤同学自从成为 73Hours 公众号的兼职编辑之后，就开始了特别愉快的催稿生涯：女作者发个深夜自拍，她飞速扑去留言："真好看，稿子呢？"男作者发朋友聚会，正以梦为马诗酒年华呢，就见她在底下评论："嘿嘿嘿，稿子呢？"留言速度之快，完全是编辑界的刘翔。

小嘤从前是一名日报记者，稿子赶得最多的时候，一天要写 6000 字的报道，从被编辑催稿至死，到现在每天在作者朋友圈底下"嘿嘿嘿"，这心路历程中的快感，常人无法体会。

全天下的稿子，都是催出来的。

我在出版行业只工作过短短 3 年，关于催稿，却能讲出大概 100 个辛酸且不重复的故事：

Bona 老师，在而立之年跟我们签了一本书的约，书名是《30 岁的夏天》，始终没有交稿，今年他若愿意，可以写一本《40 岁的夏天》。

江南老师，素有千年坑王的美誉，平常是一位多么彬彬有礼，充满事业心的人啊，但不知怎么就被我赶上了他最喜欢挖坑不填的日子，我至今记得去参加他的婚礼，他在台上深情地读婚礼誓词，台下的亲友好多是他的读者，担心地喊："誓词不能挖坑啊，千万要坚持读完啊。"

再比如，无人不知的南派三叔，曾经要出一本周杰伦电影《刺陵》的同名小说，与电影同步推出。电影拍完了，周杰伦按时来上海为这本书签售，然而，三叔的小说并没有写完……没有写完……没写完……最后三叔与杰伦同台，在新华书店签售了一本周杰伦、林志玲电影写真集……

最可怜的，是我们亲爱的小欠同学，初当编辑时曾为了催今何在兄交稿，站在男厕所门口堵着他。（实诚的东北姑娘啊，你就不怕今何在出来说厕所没纸了，他把稿子当纸用了吗？）

那 3 年，我负责的主要是新书推广，每次陪作者签售，听到他们畅谈自己是如何走上写作之路，心中有不得不写出来的创作冲动时，都很想上台去揍他们（你倒是写啊写啊写啊）。

每一位作者都有自己的拖稿之道，性格委婉的如宇宙第一畅销书作家，被催急了就发一堆乱码说自己电脑坏了。

如张怡微这般爽直的，会义正词严地对编辑说："我最近忙极了，面前是巍峨的困境，死也无法在 11 月之前给你们写稿子。"（怎么办，我也不能让你死啊！）

拖稿最破釜沉舟的，是一位网络大神。有位编辑迷恋他的作品，在饭局上催其更文，作者直截了当地对她说："男一死了，男二入狱又回来了，女主和男二好了，现在结局你都知道了，别催了，我不更。"

说起拖稿，无法不提那多老师（我觉得我在屡催稿件而不得的时候居然嫁给了一个作家，也算是斯德哥尔摩综合征的一种）：

开饭店、写菜单、收拾房子、录音频节目……那多老师这些年的经历，可以充分说明一个作家为了不写稿子愿意付出多少努力。他并不是孤独的，我至今都觉得，如果谁家没人干家务活儿了，邀请一群明天需要交稿的作者来玩就可以，他们一定会热心帮你做完所有事的。

一般来说，如果我回到家，发现家里格外干净，全部被打扫了一遍，每一个电脑的垃圾文件都清理好了，书架上所有的书都分门别类地码齐了，就知道那多老师今天一定试图写作来着。

自律不管用，我们就试试互相鼓励：那多老师有个朋友叫蒋峰，文名很盛，曾为了专心写作，到上海来租了我的一处小房子住了几个月。有一天晚上蒋峰来吃饭，跟那多聊到写作进度，两人一致认为网络太害人，竟约定拆下家中路由器，快递给对方以明志……长话短说，他们当月的手机流量费变得很高……

抱团鼓励也不管用，只能求助于科技：还真有人发明了一个叫作"小黑屋"的软件。用了这个软件，你只需设定自己每天写作的字数或者时间，在此期间，电脑被完全锁住，不能上网，不能打游戏，不能做其他任何事。

那多老师第一时间就花了 39 块钱装上了这个软件，然后一整天都在用我的电脑看片子。第二天，我带着自己的电脑去上班，回到家里问他在"小黑屋"软件的帮助下写了多少字，他沮丧地对我说："什么破软件，我花了几个小时就知道了它的 bug，如此一按就可以退出小黑屋玩游戏了……所以我又花了 79 块钱，买了一个升级版。"

到底为什么这些人都这么喜欢拖稿呢……

那多

刚刚 来自iPhone 6s Plus

赵小姐忽然哭起来，我问她哭什么，她说这个礼拜还有一篇文章要写可是我不想写想玩。我说你打算写什么我给你点方向性建议，她说写作家是怎么拖稿的……

3   4   5

好了，现在我完全理解了拖稿这件事。大家晚安。

参加这个活动 ／
我可以不用说话吗？

　　23 岁那年，我在电视台上班。有天在大堂等电梯时看见台长，恭恭敬敬地对他打招呼道："× 台早！"我们一起走进电梯，电梯里没有其他人，从 1 楼直到 17 楼，始终，静静地、痛苦地……直到最后的一句："× 台再见。"我没能想出第二句话来跟他说。身为一名正在争取做新节目的主持人，我就这样花了 17 层楼的时间，向领导证明了我是一个不会聊天的人。

　　其实我并不是不会讲话，给我个 PPT，我能聊 20 分钟不带打磕绊的；

去哪个节目当嘉宾，一只生煎馒头也能被我说出两种传统来——总之，给我一个主题，哪怕只是"你觉得他俩该不该离"，我都可以有头有尾地把话说流畅，但当说完正事进入随机聊闲篇环节时，我的盲区就开始了。为什么要进行这些小对话呢，他们是多么无聊！

"哎呀，今天下雨啦！""是的，然后呢？"

"So, how are the things？""WHICH things？"（"事情发展得怎么样了？""什么事？"）

人们对我最大的误会，就是做过主持的人都能说会道，而我，好死不死，最讨厌跟陌生人社交——站在台上主持的时候，我面对的只有摄像机和组织好的现场观众，说完我想说的，或者甚至只需要背完串词，我就可以下班了，并不需要跟任何人社交，微博、微信上，我可以单方面地表达，我记录我想记录的事，人们的留言我可以不看不回，我可以保持愉快的零互动。

然而，活人的世界可大不相同，有老板、有同事、有客户、有下属、有亲戚朋友，不说话是不可能的，说错话又很容易给自己的生活和工作造成直接的负面影响，我就像一个木讷版的韦小宝，同时被7个老婆、朝廷和天地会看着，不敢瞎说话，也不敢不说话。

可是，我的这些内心戏老板并不知道啊。我工作过的每个公司，不管我的履历上写得多么清楚：电视主持本科，新闻纪录片硕士，东亚研究硕士……这些，都把我默认设置在市场营销部门，我一个拍纪录片的懂个毛营销啊我。为了糊口，也只能硬着头皮出门社交。

江湖上的场面话说难很难，说简单也简单，磕磕绊绊地经历了各种冷场的尴尬，又幸运地碰上了几个真正长袖善舞的老油子，再加上一个前情景剧女演员的基本表演能力，我终于勉强掌握了点社交场上的生存技巧。

我至今记得，一次被空降到公司的北京总部，在做完各种痛苦的人员裁撤薪资调整以后，一个人跟所有新下属艰难社交的场景：

早上在电梯门口碰到昨天刚刚减了薪水的同事：哎呀，你也在吃这家的煎饼馃子，多好啊，公司门口有这么好吃的早饭。（对方：呵呵，是吧。）

会后收拾东西，对刚刚吵过 KPI 分配的同事：哎呀，你的衣服好好看，丢个链接给我！（对方：对不起，我是在 Chloé 买的，我没有淘宝账号。）

晚上下班，对加班加成狗的美编：哇，北京好冷啊，等你忙完了，我们去喝一杯吧？（对方：我已经在办公室住了两天了，我要回家。）

（P.S. 对以上所有尴尬场景，我有一句万能的回答：哦……对了，你相信星座吗？）

那段经历，至今历历在目：每周一早上坐 7 点整的东航 MU5137 飞去北京的时候，我都要拼命抑制住自己想停止安检，收拾好手提电脑回家的冲动，花一整个京沪航班的时间来做心理建设，8 点 50 下飞机，9 点在 9 号门坐上公司张师傅的车，9 点 30 分准时在公司电梯门口对自己在心里大喊三声：不要怕啊，赵若虹！不要怕！接着，3，2，1，action！"早啊，这家的煎饼馃子真的好好吃啊！"

屋漏偏逢连夜雨，我还有重度脸盲症，那些企管鸡汤里说的，认清楚脸记清楚名字的能力我完全没有。乌泱泱地上来一群新的人，我常反应不过来谁是谁。这时候，我假想自己是一名周旋在十里洋场的地下党，用尽我不多的脑细胞一边周旋，一边努力回想对方是谁。"你今天这衣服怎么这么好看，哪儿买的？""你们最近怎么样，很忙吧，一切都还好吧？"

蛛丝马迹之中，总能慢慢摸清线索——7 年之后，我当时的同事小张写了篇回忆文章，说初见到我的时候觉得我真是特别假，因为连着好几周，每次来出差都对她说一遍"你的衣服怎么这么好看，哪儿买的"，我也不知道告诉她真相，对我们的友情有没有益处。

更可怕的，是跟客户开会。做完 pitch（比稿）聊完价钱，总会有一个热心的客户对他的同事介绍说："哎，你能认出赵小姐吗？她以前是主持人哦。"

对方的回答，永远是，"不能"（对不起，我现在不看电视的，对不起，我只看美剧，对不起，我现在看×××），然后热心的客户还要坚持解释我主持过什么，演过什么，如何辞职走了，他是如何看我的节目长大的；我会小心翼翼地打着哈哈，对那位只看美剧的高级人说："不看电视很正常的，我演的也不是什么大节目，谁年轻的时候没有做过什么错事啊。对了，你们的时间表是怎样的，我们正式报价最晚要什么时候给啊？"

最让我有心理负担的，是那些有的没的的饭局。一群相干不相干的人凑在一起，说些敏感不敏感的大大小小的话题，不说话大家觉得你不合群，说太多人家觉得你爱出风头，说深了有人传话说你不通人情世故，聊浅了大家回家就会说，你看，她就是个主持人，没内涵——我从前不懂那些喜欢一边在饭局上劝酒，一边在朋友圈给同桌人点赞的人，后来我变得特别佩服他们：用人类表演学的理论来解释，他们在一个不得不去的舞台上，从第 1 分钟开始，就给自己找到了合理的舞台动机和舞台动作。

我讨厌劝酒，于是我准备了自己的一套流程：你相信星座吗？你觉得苏珊大妈准吗？我有一个朋友最近正碰上水逆（这里先插播 10 分钟有关他的故事），我们办公室有一个处女座同事，他如何如何（讲豆子 10 分钟的故事，sorry 豆公），我老公是摩羯座，他最近在写罪案手记（讲 30 分钟犯罪故事或者奇闻异事），最后，Donald Trump！Can you believe it？（唐纳德·特朗普先生，你能相信吗？）开启全饭局对全世界的吐槽，半小时后在大家对全球经济形势的声声叹息中问："你们是开车来的吗，要叫代驾吗？"

就这样，托星座和大选的福，我作为一个极度讨厌聊天的人，靠着这些套路在各种场合中存活了下来。我也开始理解了有时这些看似无聊的社交对话：父母孩子家长里短儿子上学喂猫遛狗，能让陌生的都市人之间慢慢地、集腋成裘一般找到共同点，让他们敢把信任的手交给对方。我依然不信星座，但是慢慢地不再抗拒社交。有时候，我竟然也渐渐地跟别人一样，以为自己是个擅长社交的人。

直到有一天，我问跟我相亲认识的老公，媒人当时到底是怎么介绍我的？"他说你看上去特别能跟人聊天。"那多答，"但一不留神就会暴露出那个笨拙的害羞的本我。"

那一刻，我决定写下我这些年的场面话技能进化史，给 23 岁那年，跟台长一起坐电梯到 17 楼，那个不知该说什么话的自己。

颜值不够用的　　／
时候

考试的时候，那个叫陈贝贝的女同学热情地拉着我的手说："这里的小姑娘都比我俩好看太多了，我们得加倍用功才行啊！"

我想问她：真的吗，她们真的比我好看那么多吗？但又不太好意思直接问出口，就呆呆地，站在大太阳地里看着她。

——这件事，我也就记仇了 20 年吧。

上海戏剧学院的前门在华山路上，后门在延安路上，从前门可以一眼望到后门。那时候我在上高中，学校也在延安路上，每天早上，我骑着脚踏车从家里出发，从上戏的前门直接穿到后门，就能省下几分钟的时间，在延安路校门前买 4 个肉包子吃（对，数目确认）。

我数学很差，年年寒假都要被老师抓去补课，每个冬天都过不好年。1997 年 1 月，在读高三的我眼看着又要去补课了，正巧在上学路上看见上戏门口贴了张考前班的招生告示。

电视主持人专业考前班授课的那 3 天，正好是寒假补数学的日子，我就毫不犹豫地去交钱，报了个名。

回高中请假的时候，数学老师听说我要去读上戏考前班，皱着眉头说："你去读这个干吗，你肯定考不上的呀！"我讪讪笑着说："那怎么办，我钱也付了，不去也不行的。"就这样，我请好假，也不敢告诉家里，阴错阳差地走进了上戏——连高中数学老师都知道我肯定考不上艺术院校，我的艺考进度条大概就到这里。

开课的那天很冷，我们二三十个人哆哆嗦嗦地坐在上戏红楼的教室里做自我介绍。轮到一个叫江鸣的同学时，他站起来做了一篇洋洋洒洒的介绍，最后说，但是我好像走错班级了，我要去上的是戏剧文学系的考前班，在一片哄笑声中匆匆离场。

又有一个紧实地裹在水红棉服里的好看的小姑娘，烧红着脸，站起来细声细气地说，我叫鲍逸琳，我今天生病了，所以说话声音会小一点——她后来成了我最好的朋友，直到今天——不用理她说的生不生病的事，每次专业课考试的时候她都会说自己生病了，每次都考得巨好。

来上考前班的大部分是应届高中生，除了少数几个人外，既没有很好看的，也没有什么文艺方面的技能。我们轮流表演着非常傻的才艺，有人拍着自己的胸脯发出颤抖的声音假装无线电里放出的领袖讲话，有人说着学校文艺汇演的时候自己写的单口相声。

来给我们上课的，有主持人概论，以及台词和表演的专业老师。每个专业课的老师都对我们这些乱七八糟的表现非常宽容，只有主持人概论的老师比较严肃，目光总是在我们脸上来回逡巡。

我们上台说话的时候，他会拿出学生名单来回地看，在有些人的名字边上写点什么。有消息灵通的同学说，这是因为主持人是个新专业，老师们希望能够多招一些应届高中生，文化素质好些，能说话的，读过声乐、台词、形体、表演这些专业课，可以进校再学。

总是有消息灵通的人，知道各种各样的小道消息。我的很多消息来自钟钟和大饼这两个表演系的复考生。钟钟个子不高，大块头，往哪儿一坐都要占一个半位置，但是声音很好听，跳起舞来也分外灵活。

　　大饼是外地来的，瘦瘦高高的，跟在钟钟旁边，也不大说话。他俩并没有读考前班，只是那几天都会在红楼前的草坪上晃来晃去，热心地告诉我们艺考前要准备的事项和他们听说的各种招生消息。

　　对我来说，不用上数学课就是一件很开心的事，我跟我认识的其他新朋友玩得很开心。下课的时候，我们在红楼前的草坪上晃来晃去，聊自己学校的作业、考试、老师、同学，还有偷偷摸摸在谈的男女朋友；上课的时候，一切对我们来说都是新鲜的，有的时候简直就像在做游戏。

　　记得有一节主持课，老师给了我们一支钢笔，要求我们编个这支笔的特别之处，再推销它。我说，这支笔是全世界最最珍贵的一幅微雕作品，是某某大师生前的遗作，再现了丝绸之路的盛况云云……像电视购物主持那样十分"八星八箭"地掰扯了几分钟瞎话之后，坐在台下的老师认真地看了我一眼，拿出名单来，在上面写了点什么。

　　3天的考前班很快就结束了，临走的时候，老师问了一下我的会考模拟成绩（那时候上海户籍应届高中生考上戏，只要会考成绩就可以），还要了我家的电话。我暗暗激动了一下，心想老师是不是挑中我了，可是，接下来他又要了其他很多人的电话。我又放下心来，感叹自己实在想得太多了——钟钟和大饼告诉过我，考前班里能挑上的人非常非常少。

我和考前班的同学们都保持着联系，大家都跟我差不多，百分之百投入地准备着高考，半真半假地准备着艺考。我根本都不敢跟我妈提上戏的事，当然也不会有钱请专业老师帮我辅导。临近考试的时候，我打电话问钟钟我该选哪篇文朗诵，以及如果我不太会唱歌的话，选哪一首比较容易唱，钟钟则很热心地给我出主意。

有天晚上，我忽然在家接到了大饼的电话。大饼说："听说你就住在学校附近，我在 ×× 路上的肯德基，我们一起吃点东西好吗？"

外面非常冷，我还有很多功课要做，其实并不想出去，可是想了想大饼是我的新朋友，不去似乎不太给面子，就不情不愿地去了。

大饼买好了两杯果珍等着我。他本来也不是一个很爱聊天的人，我坐下，问他怎么样，他说挺好；我又问他回不回老家过年，他答不回。我们的对话就结束了，默默地喝完果珍，然后大饼送我回家。

第二天，大饼又在同一时间给我打了电话，依然约我去肯德基见面。我在我妈警惕的眼神中出门来到肯德基，大饼又买了两杯果珍等着我，无话，喝完，回家。

我那时其实已经在中学里开始了一段小猫、小狗式的初恋，隐隐觉得有个男朋友，然而晚上再跟其他人喝果珍有哪里不对，因而在回家的路上，我大概故意说了5句由"我男朋友说……"开头的话。

到第三天大饼约我的时候，我大概已经表现出极大的不耐烦了，以至非常内向的大饼很突然地在电话里说了一句："你不要害怕，其实我对你没有任何想法。"我没想到他会说这个，情绪复杂地愣了一下，还是出去跟他见面了。

大饼在门口等我，没有买果珍，他说："我刚刚喝了点啤酒，没有钱了，今天你请好吗？"我因为前前后后的这些奇怪事情正不高兴，一赌气买了五十几块钱的鸡翅，坐下来闷头吃。

大饼也不管我，我在吃着，他就自顾自开始说他的话。

大饼是在老家的理工科大学读了一年书之后，毅然决然退学，重新报考艺术类院校的。然而他的运气总是差了一点，考了两年，也没有考上任何一所学校。他的父亲是当地的副市长，因为这个任性的儿子，脸

089

上特别挂不住，发誓他要是再参加艺考，就跟他断绝父子关系，大饼就这样离家出走到上海来了。

他找到了上海的同学，蹭住在人家的寝室里，哪个床位空就睡哪个。吃饭，有时候靠同学接济，有时候靠在老家的姐姐偷偷给他寄钱。

快过年了，学校里的人都走光了，晚上大饼一个人买了罐啤酒，坐在操场喝，等了很长很长时间，终于有个学生从操场边走过。

"你，站住！"大饼对他说。

学生吓了一跳，停下脚步看着他。

"我不是坏人，我就是想找人跟我说说话。"大饼说。

那个学生还挺好，坐下跟大饼聊了起来，一会儿又去买了更多酒来，两个素不相识的人，就这样在寒夜的操场边喝到烂醉，最后那个学生把大饼背回了宿舍。

"我不是坏人，我就是想找人跟我说说话。"明亮的肯德基里，大饼对我说，"我对你没有任何想法，我就是想跟人说说话。"

那晚之后，我再也没有见过大饼。

开春了，考试的日子渐渐近了，我和几个不知该怎么准备艺考的人打电话给钟钟，请他给我们辅导。钟钟说："我们去上戏吧，我带你们熟悉一下考场。"

晚上，我们在红楼的排练厅里见了面。一个剃了光头的表演系学生给我们开了门，匆匆跟钟钟打了个招呼，就闪回灰蓝色的景片后面跟同学排练。我们在排练厅的另一边，听钟钟眉飞色舞地跟我们讲这个排练厅到时候会被如何布置成考场，一试的时候老师会怎样问问题，结果会在何时被张贴在教务处的墙上，我们该怎样接着准备二试、三试。

光头学生跟同学们继续在景片后面排练，钟钟在这边给我们示范朗诵、形体、唱歌、小品片断。

我特别崇拜地看着胖乎乎的他在红楼 102 的大镜子前表演，觉得这应该是我见过的最有才华的演员了。他形体灵活，声音洪亮，表演活灵活现，可是，他不好看。这是一个男一号的灵魂，被束缚在了路人的身体里，我遗憾地想。

临走的时候，钟钟跟那个光头学生道别。我问他："你是怎么认识这个人的？"钟钟说："我第一次艺考的时候，跟他分在一组里。日子好快，光头今年要毕业啦！"

走出红楼的时候，操场上还很热闹，有涂着鲜红口红、穿着松糕鞋、染着红头发的女孩子在大声背台词，有帅得我不敢多看几眼的男生三三两两地骑着车从我身边吹着口哨经过，车头上挂着的热水瓶一路在水泥地上滴着开水。

钟钟快步走去取自己的脚踏车，穿过这些好看的人，匆匆消失在了夜幕里。我回头看了一眼还亮着灯的红楼，第一次开始有点喜欢这里。

考试的日子终于到了。那天太阳很好，我穿上了我唯一的连衣裙（那是一条绛紫色的长裙），梳了个大光明头，骑着自行车早早地到了上戏。

跟考前班时满院都是傻傻的高中应届生不一样，那一天，红楼前的草坪上，站满了好看的人。各色各样的好看，各色各样的裙子，各色各样的鞋子，各种各样好听的声音在念着台词。

我在大太阳里站着，愣愣地觉得自己被美丽突袭了。这里全部的人，都是 next level（一级比一级）地好看，我的裙子、发型，甚至自行车，在这个校园里，简直就是个笑话。

这时候，我看到了陈贝贝，一个我在考前班里认识的同学。她大老远地从草坪的那头向我跑过来，拉着我的手说："你看看，这里的小姑娘都比我俩好看太多了，我们得加倍用功才行啊！"

我想问她：真的吗，她们真的比我好看那么多吗？但又不好意思直接问出口，就呆呆地，站在大太阳里看着她。站了一会儿，骑着车回家了。

我爸看见我回来，特别吃惊，说小姑娘不是去考试了吗，怎么这么早就回来了。我一下哭了出来，说："爸爸，她们都太好看了，我考不过她们的。"我爸扑哧笑出了声说："有多好看，爸爸陪你去看看。"

就这样，19岁的我，很丢人地被爸爸押回了考场。到了红楼，我爸还假模假式地看了一下周围的考生，对我说："也还好啊，没有你说的那么好看，快进去好好考吧。"一会儿又说："要不然你把头发放下来吧。"

我居然考上了。

放榜的时候，我来来回回地核对自己的准考证号码，觉得一定是谁跟我开了个什么玩笑。后来进了学校,我听到了很多种解释:老师们这届想招重点中学的应届生,老师们想招写作能力强的文科生,老师们想招某某女主播型的女生,而我正好长得像她……命运是一种强大的力量,我以比较幸运的方式,第一次明白了这一点。

钟钟和大饼都没有过初试。钟钟看榜的时候,我低着头从他背后快速地走了过去。我不知道自己在羞愧什么,但总觉得我好像很不应该地占用了谁的运气。

进了上戏之后,我选了一门戏文系的课。上课的是个戴着眼镜,留着山羊胡子,说话有浓重南方口音的老师。

每次学生逃课被他抓到,他都要生气地说:"中国,一个泱泱大国,有几个人有机会在这样的高等艺术学府里学习? 你们很多人,只是因为长得好看,或者纯粹的机缘巧合才坐在这里,你们浪费的,是多少人羡慕的机会!"

我从没逃过这个老师的课。

日子就这样一天天过去。

大二开学的时候，有天大饼忽然给我打了个电话，说他考上了北京某个学校的导演系。我由衷地为他高兴，跟他絮絮叨叨计划了半天要在寒假再聚，但他从此再没音信。过了一阵，有天晚上，一个我们都认识的女同学在熄灯前冲进我的寝室，告诉我，大饼在学校里交了个女朋友，因为缺钱花，偷了同学的钱包，被开除了。

　　我还想多问点什么，熄灯了，她忙忙叨叨地回寝室去开应急灯，洗脸、泡脚，只剩下我在一片黑暗当中发了很久呆。

　　到了大三的时候，我在水房里一头撞上了钟钟——在第七年艺考的时候，钟钟考上了表演系的大专班。那时我已经开始社会实践，被一大波新的问题困扰着，考前班的种种经历好像已经变成了遥远的过去。跟钟钟聊了几句，我们就各自拎着热水瓶回去了。

　　大学的 4 年，短暂得惊人，一眨眼就过去了。

　　人生，短暂得惊人，20 年也就这样过去了。

　　大概是一年以前，我因为偶然的机会，加上了钟钟的微信。我看了他发布的所有动态，每一条，都是他在演戏——警察、卫士、流氓、打手、邻居大伯……当年的同学们，耀目的或者不耀目的，都或多或少地离开了这个行业，只有钟钟，几乎每天仍在演戏。

上周，我去看《爱乐之城》，本来是个傻乎乎的电影，没有什么特别出色的，可是我在见到女主角 audition（试演）的时候，忍也忍不住地，大声哭了起来。

她在唱：

从不墨守成规

垂垂暮年里依旧满腔如火激情

生时　她纵酒高歌　随心潇洒

逝时　绚烂如夏花　更似烈焰

她的火热激情　我永远铭记于心

那些心怀梦想的人

亦是如此

那时，我就想写下这个关于艺考的故事。

那晚，／
晚礼服变成防弹衣

"Amy Zhao，这辆警车后座上没有安全带！" Cecilia 在一个急转弯之后，摸索了一遍座位颤抖着对我轻声说，"没有安全带！"

这是 2004 年初冬的深夜，我们乘坐的警车鸣着警笛在 Bronx（布朗克斯）街区呼啸而过，开车的女警察悠然自得地边哼歌边噌噌地超车，偶尔还回头看我们一眼，露出了诡异的微笑。

她是故意的。

难以想象半年之前，我还在东方电视台演播室里录自己的告别特辑。节目里，朋友们给了我种种温暖的祝福，让我在纽约大学纪录片专业好好学习，我的设计师朋友们，还热心地送了我三件皮草、十几件旗袍、晚礼服，说让我在纽约参加派对的时候穿（对，我都带来了）。登机的时候，我的好朋友们在闸口哭得死去活来，因为她们跟我一样，爱看《老友记》（*Friends*），大家一致认为我去了纽约这个花花世界，就再也不想回来了。

现在，我在这个鬼地方，坐在这辆没有安全带的警车上跟着大块头女警察"末路狂花"，想着那些旗袍、晚礼服、皮草，我不但想回上海，我还想死。

我本来不该在这辆警车上的。

纽约大学的这个硕士课程要求学生每两周换一条线采访，交一个片子。这周，正好轮到我和同学 Cecilia 去跟着警察做夜间巡逻。

Cecilia 来自巴西，在南美枪战大国长大的她对治安问题特别敏感，几周前就为了这次采访寝食难安。她特意去 NYPD（纽约市警察局）网站上看了各个警区的犯罪率，小心翼翼地在警区选择志愿单上，填了上东区。我们的计划是：采访当班警察，采访几个路人，拍一些警车在第五大道上开过的素材，然后收工、吃饭、泡吧。

"大不了因为片子差被骂一顿，"Cecilia 对我说，"命最要紧，你知道纽约有的街区晚上有多危险吗？命最要紧，有了命才能有 story（故事）。"我像小鸡啄米似的点着头，一边热烈地表扬她知道进退取舍，一边紧张地计划到时候该穿哪件衣服哪双鞋，拍片又方便，泡吧又 fancy（时髦）。

志愿书直接就被老师拍回来了，"全纽约这么多区，你们居然选了一个治安最好的区？？"老师在邮件里问——老师平常十分严谨，标点符号大小写都严格按照 AP 写作手册执行，多加的这个问号，应该是在表达格外愤怒。过了 5 分钟，老师又追加了一封邮件："建议去 Bronx。"

我们就这样，毫无退路地，被派到了 2014 年全纽约犯罪率最高的警区之一。临行前，我和 Cecilia 很郑重地商量了一下我们的服装，决定全部穿黑色——毕竟是两个如花似玉的姑娘，我们还是要低调一点，注意自己的安全。

当天黄昏，Cecilia 的男朋友百般无奈地把我们这两个穿得乌漆墨黑的人送上了地铁，各种叮咛，车门关上前那一句"Good Luck（好运）"说得我肝尖儿都颤了。

　　也不知为什么，那天的地铁开得那么快，咻咻地就到了。到站时正好天黑，走出站外，是一栋栋乱七八糟的破落房子，墙上有五颜六色的涂鸦，闲人们三五成群，在周围晃晃悠悠。我们低着头快速走过这些人身边，他们中的一些人开始歪头看着我们，吹起口哨。我们假装什么都没看见听见，继续低头快步往前走，口哨声夹杂着笑声调侃声，此起彼伏地跟在我们屁股后面。Cecilia 拉着我越走越快，最后几乎是掐着我的手臂往前走，等到了警察局，我感觉我的右手臂肘都快被她掐青了。

　　警察们聚在院子里交接班。大家一边听长官训话，一边偷看我们俩走进院子。然后，一个警察居然也忍不住对我们吹了声口哨。全体警察哄笑起来。没有人听长官讲话了，大家始终用目光注意着我们的一举一动。

　　事到如今，我俩几乎已经完全崩溃了，在接待处交材料的时候，Cecilia 差点把手里的地图也交了出去。接待我们的警察是个温柔的大个子，他边吃 donuts（甜甜圈）边看着我们（是的，警察真的吃 donuts，不是电视剧瞎演的），说不要紧的，他们是在跟你们闹着玩，我会把你们分配给一个女警，你们别害怕，先去穿上防弹衣。

　　也不知道这个片区的警察都有多高，每件防弹衣都又大又长，折腾半天，最小的防弹衣穿上却仍垂在我们膝盖口。按规矩，防弹马甲必须穿在日常服装里面，我们就这样衣服外露着一截防弹背心，跌跌撞撞地被领到了一个金发碧眼的大块头女警察面前。

女警察看着我们俩，深深地叹了口气。边上的男警们起哄说："上我们的车，上我们的车呀！"女警带着我们穿过男警们中间，丢下一句："Leave them alone（别烦他们）！"

女警打开车门，让我们坐进后排。一边调整位置一边连珠炮似的说："我叫 Jane，我不知道你们这个 *Police Ride Along*（随警巡查）到底是什么鬼，我也不知道纽约警局到底是哪根筋搭错了会让你们这样的人来跟着我巡逻。按规定，你们不能进入任何市民的家里，可是我不管什么规定，我希望在接下来的 3 个钟头里保证你们的人身安全，我去哪儿，你们就跟着我去哪儿，我去谁家里，你们就跟着我去谁家里，你们看到什么都不要吭声，低着头就行，听明白了吗？"

我俩一迭声地表示听懂了，Jane 又叹了口气，发动车子，开始当晚的巡逻。

没想到 Jane 开车这么猛，一启动车子，我俩几乎撞在前排座位上，Cecilia 开始摸索安全带，然而，并没有什么安全带。

我们接到的第一个报警，是浣熊袭击房子。

我们跟着 Jane 走进了一个独栋的小房子，走上吱吱嘎嘎的楼梯到了 3 楼，看到天花板上被浣熊撞了一个窟窿。

屋主是一对穿着睡衣的中年黑人夫妻，有点吃惊地看了看穿着防弹衣的我和 Cecilia，然后开始描述情况：他们在吃晚饭的时候，忽然听到一声巨响，有一只浣熊从屋顶上掉下来，浣熊跑了，留下了屋顶上的这个洞。

Jane 像没事人一样，面无表情地做着笔录，我和 Cecilia 在这个超现实的场景中，努力想忍住笑，我偷看了一眼 Jane 写的笔录，事由一栏写着：Vicious racoon attack（凶恶的浣熊攻击）。

解决了浣熊方面的局势，保证可以向屋主的保险公司提供现场笔录之后，Jane 领着我们去第二户人家，处理家庭暴力案件。

报警的是一个 15 岁的少女妈妈，手里抱着个婴儿就过来开了门。案情大概是她和她 16 岁的孩子他爹吵了一架，男孩子打了她一个耳光，甩门而去。

"他不会不回来了吧？"女孩儿哭着问，"我没有任何收入，我连给孩子买衣服的钱都没有。"Jane 忽然变得很温柔，劝慰姑娘说不会的，男孩子们有时候会有点冲动，但是他们会想明白的……

出门的时候 Cecilia 对我说："天哪，15 岁，你看到她桌子上那一排娃娃了吗？这个妈妈自己都还在玩 Barbie（芭比娃娃）！"

接下来的两个小时，什么事都没有发生。我们跟着 Jane 在路上无聊地转来转去，有一搭没一搭地聊着天。Jane 说她 20 岁就继承父业，成为一名警察，始终就在这个警区巡逻，没有换过地方。聊完她经历过的大案要案之后，Jane 说："你们知道吗，我今年 40 岁了，再过 5 年我就可以退休，拿到全额养老金了。到时候，我准备再申请一份有政府养老金的工作，比如邮局的前台，我还可以再工作 25 年，来得及再拿一份全额养老金。"

为什么是邮局？

"因为这 20 年，我烦透了天天在街上跑来跑去，再有一次职业选择的机会，我发誓我要坐在一张桌子后面，每天一动不动，多走一步都不要。"

临近 ride along 的尾声，Jane 热心地说："时间差不多了，我送你们去地铁站吧？"正在这时，她的步话机响了。有人报警：某某街几号几号疑似发生入室抢劫，劫匪可能仍在屋里，请全部警车速速赶去这个地址。

　　Jane 打开警灯鸣起警笛，飞速地发动了车。我们跟着她的车速，噌噌超过了边上的车辆，七倒八歪地撞在前排座位的各个地方，Cecilia 再次摸索了一遍后座。"Amy Zhao，这辆警车后座上没有安全带！"她绝望地在又一个急转弯之后小声地对我说。这时看到 Jane 从后视镜里看了我们一眼，我疑心自己看到她露出了一个诡异的微笑，我暗暗怀疑，今晚她全程的开车速度，是在逗我们玩。

　　从前看美国警匪片的时候，会觉得纽约警力惊人，哪里发生了什么案件，警察说来就来了一堆。现在我们才知道，每个片区夜间所谓的"全部警力"，只有 8 辆巡逻车和 10 多个警察。没事的时候他们分开巡逻处理报警，有重大案件的时候全部一起赶去现场。

　　防弹背心、警灯警笛、电台呼叫、入室抢劫……一切终于开始有了社会新闻的意思，我和 Cecilia 竟然兴奋了起来（尤其是 Jane 还保证为了我们的安全，我们一定会是躲得最远的一辆警车）。看热闹不嫌事大，Cecilia 还拿出了她的小笔记本，正儿八经地准备开始采访现场。

　　离报案地址还有两条马路的时候，前方传来消息，没有什么入室抢劫，屋主打不开门，以为有劫匪在屋里，先到的警察撞进去一看，只是门边的一个巨大脏衣袋掉了下来，卡住了大门。

"欸，没什么事，那我就送你们去地铁站吧？" Jane 有点抱歉地对我们说，"今天跟我巡逻了一晚上，你们回去也没什么可写的吧？"

我们客气地表示谢谢她的招待，让我们过了十分"interesting（有趣）"的一晚，决定动身前往车站。一路上，Jane 开得格外平稳，什么超车啊，猛踩油门啊，一概没有。我们聊了她最爱的电视剧 Law and Order（《法律与秩序》），她说她最爱在下班的晚上，吃着薯片，一边嘲笑电视剧里的种种常识性错误，一边兴高采烈地猜谁是凶手。

地铁站到了。这是个露天的站，Jane 说："你们先上去，我停在旁边看着你们上车。这个地方常有小混混逛来逛去，有辆警车停在边上，他们会老实很多。"

地铁站空无一人，明亮的月光和惨白惨白的路灯光一起，交织着照在蜿蜒交错的铁轨上。车来了，我们走进车厢，向站下抽着烟的 Jane 挥别。车厢里空空荡荡，地铁慢慢悠悠地，向地下一点点开去，窗外的光亮一点点被地道遮盖，我们往车窗外看，看见 Jane 熄灭香烟，坐进警车离开。

"你能相信这个晚上吗？" Cecilia 一边发短信给男朋友报平安，一边漫不经心地问我。

其实 12 年之后，我依然有点不相信这个夜晚，好像什么都没有在那个晚上发生，但好像，又有什么真的发生了。

Size **4**

总有一个人教我
爱情，
总有一个人等着
我舍命去生活。

size

4

相较老公，　／
我尽量选择别的旅伴

　　我当然也是有过惊人闪耀的旅行时刻的：戈壁的驼群，广袤的草原，熙熙攘攘的巴扎，伊奥利亚海岸线边整片的橄榄树……安卡拉到伊斯坦堡的路上，大片平缓的山坡柔顺地被阳光照耀，云层慢吞吞移过来，影子把山坡渲染出深深浅浅的绿来；乌兹别克斯坦，开车从沙漠进入神话般的布哈拉，恢宏的宣礼塔，王的城堡，仿佛千年光阴从未流逝，商队的驼铃就在耳边；东非，夜间游猎结束，贴心的友人嘱人燃上篝火备上夜宴，在最神奇的土地，仰望最璀璨的星辰，心里藏着温柔的秘密。

然而，因为那多老师的存在，上述所有难忘的时刻，我都没能留下一张体面的照片——记得人们怎么说婚前必须一起旅行一次吗？是的，婚前必须一起旅行一次，不然，真的不知道他能不能拍旅游照啊！虚掉的背景，被截掉的手脚，狰狞的表情……

幸福的家庭都是相似的，我相信不必我赘述，家家都有这样一个能把老婆拍出社会新闻质感的直男，大家都知道老公拍的照片有多么 social network unfriendly（在社交网络上不友好）。

所以，如非必须，我尽量选择别的旅伴。

盈盈小姐，是女友界的旅伴第一名。她耐心、靠谱，会说流利的日语和英语，文可读菜单，武可搬行李，而且最大的爱好，就是在加班之余浏览各种旅游攻略，假装自己明天就要出门远行。

跟盈盈旅行，是要预约的，热门的时候，要提前好几个长假就把她抢下来。有一年冬天，我们在办公室加班，我随口说了一句："盈盈我们一起去法国吧。"她很认真地盯着天花板想了一下，转过脸来对我说："到 10 月份，我们就可以一起去了。"

第二天，她就发给我一封长长的邮件，里面是行程计划、机票酒店预算和签证准备事项。"果然是一个随时准备出去看世界的下属啊。"我擦着冷汗默默地想。

10月，我们去法国。我们分别在出差，说好了在尼斯碰头，我一个人收拾了东西拿上抽屉里的钱，转了两班飞机像私奔一样去跟盈盈会师。还没上出租车呢，她就对我说："我发现这里的男人好帅，万一有艳遇你得给我让路啊！"这句话奠定了我全程东张西望，生怕她遇到艳遇的基调。

盈盈的行程做得特别好，每天，我们睡到自然醒，吃了早饭，按照她的安排去东逛西逛。有时，是搭上火车去附近的城市闲逛，在旋转木马前晒着太阳悠闲地晃着膀子吃冰激凌，逛到哪儿算哪儿，不疾不徐，觉得全世界的时间都可以用来慢慢消磨；有时是去朋友推荐的不知名小店里疯狂吃东西购物（店主们若是第二天又见到我们，通常都会紧紧地拥抱我们并跟我们合影，让我觉得自己不是吃多了，就是买贵了）；有时，我们去那些著名的景点，幻想住在那里人生会有哪些不同：我想把那多老师关在没有 Wi-Fi，都是老头老太的南法小镇里写小说，盈盈则想在古堡里当公主。

我对盈盈说，如果在这样的城堡里当公主，要被关 500 年才能有男人来救你的。她翻个白眼边修自拍图边说："500 年，那好歹也是一个明确的时间点啊！"

　　万能的盈盈还找到了一个中国建筑系留学生做我们的向导，一整天，这位很帅的向导开车带我们在圣十字湖区转悠，说好了要去划船，却一路都是乱七八糟的云，不时就有一片飘过来下会儿雨。

　　雨越下越大，船是划不成了，车一路随意开着，电闪雷鸣的时候，路过了一个乌鸦成群的古堡。我们三个人贸贸然地去敲门，居然真的有一个胖墩墩醉醺醺的少堡主出来开门放我们去参观。进门的时候盈盈低声对我说："我放弃我的古堡公主梦了。"

　　参观完古堡，雨恰好停了，我们在地上捡了几个无花果，一边掰着果子吃，一边看天上的彩虹。"有时候计划外的行程不是很好吗？"盈盈坐在古堡外的栏杆上，晃着脚丫子笑眯眯地看着天，"不然，我们就看不到古堡、彩虹，吃不到这么甜的无花果啦。"

　　盈盈的这段话，尤其是"计划外的行程"这6个字，如果被我的处女座旅伴杨乐听到，是会让她当晚失眠的。

　　乐乐是那种万事都要计划周全，做到完美极致的人。过生日跟我两个人吃饭，她都要再三再四地跟店家确认菜品；送我她妈妈烤的蛋糕，她都要给我留字条说："8块蛋糕，你4块那多4块，今天晚上吃完……"我本来就是讨厌做攻略管流程的人，乐得服从人家的安排调度，所以跟乐乐在一起吃喝玩乐，她做主，我听话，十分般配。

然而我俩的第一次旅行，其实真是很意外的，缘起是：我们喝醉了。

乐乐家住得离我的鞋店不远，每天她去菜场买菜，都会带一个大包，买好小菜就上我店里来喝杯红酒，试试新鞋。买了鞋子，就塞在包里，藏在牛肉羊排之类的菜底下带回去。

有一天朋友赐了几瓶好酒，我俩喝着喝着就喝高了，也记不太清细节了，总之就是聊着，聊着聊着乐乐忽然说："我们都有签证啊，我们明天去韩国吧？"我说："好，去就去啊！"她马上拿出手机哆哆嗦嗦地订了机票酒店（醉醺醺的，竟然也没搞错任何细节，处女座实力不容小觑），就这样，第二天，我们还在醒酒呢，就迷迷瞪瞪地坐上了去首尔的飞机。

乐乐为我们四天三晚的行程做了周全的计划。买东西、吃东西、买东西、吃东西、买东西……吃完红豆冰吃泡菜猪肉锅，完了突然又想吃口甜的，再赶回去吃冰。在甜品店里乐乐拿出一沓店卡，左边是今天必须吃完的，右边是如果有余力还能选择的。

她同时严肃地说:"我认为除了好看,我们俩主要的优点是有意思,你要知道,可不是每个好看的人都能做到吃完冰回去吃肉,然后再回来吃冰的。"

在化妆品店,乐乐帮我选各种颜色的口红,手把手地教我怎么涂出"刚被吻过"的效果。我俩不在恋爱市场很久了,对"刚被吻过"的效果存在很多分歧,乐乐最后总是以帮我拍一张好看的照片解决这些争议。

林荫大道,她一路拦着我买衣服,都是些某条拉链没对齐,某个袖口有线头之类的理由。我看中了一件斜条纹的连衣裙,穿上之后,全店的人,连客人都停下来对我说"伊布达(韩语发音,美丽、漂亮的意思)",然而乐乐严厉地对我说:"这裙子坚决不能买,屁股后面有两根线没有对齐啊!"我说:"没关系,大家不会注意的,我真的想带回去。"

乐乐说:"你要是买了这条裙子,我就每天人工手动发信息告诉大家,今天赵若虹穿的裙子屁股后面有两根线没有对齐……"为了补偿我的抑郁,乐乐随手拿了件粉色大T恤给我说:"买这个吧,随便穿穿,听话。"

从店家出来去吃烤肉的路上,乐乐反思了一下自己,说:"赵若虹你说我怎么办,我真的好难相处,我连斑点狗都不能养,如果它的斑点不像骰子那样对得整齐,我会难受的。"

继续吃，撑得肚子弹进弹出，我们俩还死活按照自己的理想尺码买了牛仔裤。回到酒店，伸腿、下蹲、跳来跳去地往上拉裤子，我还边挣扎边问乐乐："这算穿上了吗，算穿上了吗？"最后不得不承认，很多事情对我来说，就像27码牛仔裤一样勉强不来。乐乐叹口气，给我们每人泡了杯玫瑰花茶，说喝了吧，解解肝郁。

最后一天的晚上，我发现我的安眠药被服务员当垃圾扔掉了，陷入了极大的惊惶之中。乐乐出去给我买了一份炸鸡，买了两罐啤酒，吃完把桌子擦得干干净净，给我泡了杯牛奶，把她给我买的那件新粉色T恤找出来，说："不要怕，现在，像小猫一样睡着吧。"

那件T恤，买的时候我们都没注意，背后写着巨大的数字"38"，显然，它变成了一件无法穿出去的衣服。完美的处女座居然会发生这么重大的失误，我笑得眼泪都要出来了。就这样喝了她倒的牛奶，穿着虚张声势的处女座朋友给我买的衣服，真的，像小猫一样睡着了。

那件T恤，直到今天还是我的睡衣，我很喜欢穿着它睡觉。

我的另一个常年的旅伴是杨蕾小姐。从我单身时我们就天天混在一起，过年过节就搭帮旅行，印度、日本、墨西哥、美国、泰国和非洲一些国家……不知一起去过多少地方。我们一起嘟嘟囔囔地讨论各种心事，叽叽喳喳地抱怨行程，每次出去玩都很开心。

杨小姐也非常喜欢安排行程，然而她永远是一个逆反型少女，不喜欢墨守成规的安排，也从来不按常理出牌。哪怕是她自己订的行程，她也常常有很多不满，就是传说中的"我逆反起来连自己都敢反"。

有时候我们都到了目的地的机场了，还不知道要住在哪个酒店；几乎每一次，我们总会忽然想起来，附近还有一个什么地方，比我们原来的行程要有意思，又得死赶活赶地去新的有意思的地方。

跟杨小姐在一起，是充满新鲜感的。她总会想多试试不同的酒店，多看看不一样的地方，从来不会担心换不了机票，延不了酒店，或者哪里的治安不好。每次我抱怨行程太惊险，她总会傻乎乎地保证说："放心，有我在。"而每次，真的因为她的坚持，我们会有额外的惊喜。

杨小姐唯一的不好，是太喜欢看日出日落。

我虽然常年失眠，可也是一个很有节操的人，能够赖床的时候哪怕醒着也绝不起来。可杨小姐不知为什么，对太阳出来了这件事，格外地执拗。

我们试过在山上看日出，在海上看日出，在酒店露台看日出，骑马去草原上看日出，一边关心国内股市一边看日出——我大概能理解日出和日落的浪漫，可是真的，我觉得我已经攒满足够多的日出类型了，再多看一次日出，我会有很多关于文艺女青年的槽要吐。

　　唯一一次跟杨小姐错过的日出，是在日本。那时候杨小姐正在经历一次撕心裂肺的情感危机，我们为了让她散心，和她一起去旅行，住在富士山脚下的一个和式旅馆里。旅馆小而安静，打开房间的窗，就是富士山。

　　"明天早上不用出门，开窗就可以看见富士山的日出了。"我试图逗她开心。她大哭起来，旅馆的隔音很差，为了不叫人听见，她用被子捂着头哭。而我，什么也做不了，只能不停地隔着被子拍着她，说一切都会好的。

　　那一晚，我们都没睡，第二天，谁都没精神起来看日出。

　　时间总是能治愈一切，据杨小姐说，她生生熬过了 100 多个失眠的日子，没有吃安眠药，每天时断时续地睡一小会儿，梦里和现实中，都是让她不想看到的事。

但是没过多久，她又能活蹦乱跳、没心没肺地出来玩了。又渐渐地开始吵着要去这儿去那儿，要跟我去泰国海边，租船去潜水。

那时候她刚刚开始学潜水，船到了地方，杨小姐一身标准装备，以教科书般的气势下水，以标准姿势开始游泳。我有鼻炎，不喜欢潜水，就跟着船老大在海上钓鱼。都已经钓上鱼了，转头一看，杨小姐竟然还在原地，用一样的姿势游泳。

船老大吓了一跳，下水去把她拉了上来，问明白了才知道，她是在学潜水，然而她其实并不会游泳。大家笑得前仰后合，再重新派了人陪她下水，带她去看鱼、看珊瑚。杨小姐玩了好一会儿，很尽兴地爬上船来，傻乎乎地说："啊呀！海里好美啊，潜水太好玩了！你放心，我一定能学会游泳的！"

那天的天气其实并不适合出海，在回去的路上，正赶上了一阵暴雨。我们的小船在海面上颠簸着，向着岸边艰难开去，远处有闪电，头上有雨点砸下来。我胆子小，努力抓着船沿，忍着不吐。杨小姐却好像还挺高兴的样子，在风浪中大声对我说："若虹，可惜今天天气不好，不然我们可以看到海上的日落啦！"

那一刻，我看着她坐在我前面，兴高采烈的样子，忽然想到了在富士山脚下的小旅馆里，因为痛哭而错过日出的她，又想到有什么人告诉过我的那句话，只有诀别过的人，才能在每个黄昏，怀着明亮的正午的心。

这种时候，就会有点喜欢这个傻乎乎的还不会游泳的旅伴，想着好吧，下次还是可以陪她去看日出，或者日落。

找男人就像打车，　／
我与相亲的二三四五事

　　找男人就像打车，不用车的时候空车漫山遍野，真赶时间的时候却一辆都打不上，于是，那些不想在街上空等扬手招车的人，就选择了相亲。所以相亲在婚恋界的功能，约等于网约车：高效，不耽误事，但是大部分时候，你也能知道自己会等来什么。

　　和全中国的大龄女青年一样，我在单身的时候自愿或被迫相过很多次亲。我本身也不是很抗拒相亲：相爱本来就是一件瞎猫碰上死耗子的小概率事件，多见几个人，说不定就有看对眼的呢……而最终，我竟真的是因为相亲而结婚的（谢谢社会对我的大恩大德，让我没砸在手上）。

第一次相亲是19岁，热心的表姐替我张罗了一位清华的研究生。我当时很高兴地去了，心想，哎呀妈呀，我终于长大了！经此一役之后，以后就能光明正大谈恋爱了！就这样，目的很不纯洁地去相亲了。

相亲地点，在表姐工作的大学团委办公室。男孩子先到，他个子不高，戴着一副眼镜，长得白白净净的，自我介绍之后，就开始问我学习怎么样，聊了我在上戏学习的声台形表，又聊了他在做的研究（10分钟吧，我只听懂了他是学计算机的），我们决定出去走一走。大学有一个小操场，夕阳西下，学生们在操场上打篮球，有男孩子骑车带着女朋友哼着歌路过，像饶雪漫小姐任何一本书的开场。这时候，我的相亲对象对我说："我要回家吃饭了。"

在我以后的人生中，也经历过一些相亲中对方托故离开的情形，但是我发誓，"我要回家吃饭了"这个独辟蹊径的离场理由绝对给我留下了深刻的印象。我那时真是缺乏走江湖的经验，竟还在努力往下聊想要维持局面，我问道："哦，你们家晚饭吃什么？"

第二天，那个男孩子竟然又来约我了，我好奇地跟他出去，想看看他到底要干吗，一样的时间，他又带着我去了同样的团委办公室聊了一会儿学习，在同一个操场散了一会儿步，然后说："我妈让我不要回家吃饭，家里没有给我留饭……晚饭，你想吃什么？"

后来的十几年，我又在断断续续的恋爱与单身之中，经历了很多次相亲，总的来说，就是曾经想仗剑走天涯，最后在故事中成长……

再大一点，我明白了相亲对象什么样，基本就反映出你在媒人心目中什么样，所以我一直想好好跟我那位表姐谈谈回家吃饭的事。

虽然我的亲戚朋友们给我介绍过千奇百怪的人，但我确实还挺感谢他们的，因为这些年来，相亲市场有了极大的变化，单身男人成了上市就会被哄抢的稀缺资源。从前，相亲抑或只是阿姨、妈妈们除了看电视打麻将之外的一个低成本娱乐项目，现在，谁手头要是有一个年过三十，体健貌端，有正当收入的男人肯发给你，我的天，那交情放大发了。据我比较有人生经验的朋友说，接个客户啊，看个病啊，孩子读个书啊……给人家姑娘介绍个男朋友，肯定都比送红包管用。

我在单身男人的领域比较没有办法——至今我仍记得盈盈初到上海的时候，让我给她介绍一个男朋友，那一天，她站在机场门口，眼睁睁地看着我——把手机通讯录从 A 翻到 Z，从 Z 又翻回 A，然后我颓然地对她说，我并没有任何闲置男人可以介绍给她。

然而，就和其他所有事一样，我妈比我有办法得多。盈盈一到上海，我妈就豪气地说："我给她介绍个男朋友，海归博士，一米八二，上海某大学的讲师，正好单着！"

我妈手里有这个人其实很久了，见谁都往外发，然而盈盈并不知道，很高兴地谢过我妈，跟对方安排好了第一次约会。"完美账面"男听说盈盈在那天在虹桥开会，很顺嘴地说："好啊，那你开完会，我们就在虹口某某商场的'外婆家'吃晚饭吧，早点来，我不想一个人排队。"

也是盈盈脾气好，在大雨天的周五费尽周折从上海的西南角赶到了城市的北边去跟人家排队。据说，晚饭全程，"完美账面"男一直在问盈盈："你到底为什么至今单身，你觉得你有哪些问题？"盈盈最后忍不住说："你不也单身吗？"男人说："我那是对我的人生有追求，而你们女人单身，真的应该好好反思一下自己的问题。"

这次追问／反思型的相亲自然无疾而终，然而长辈们对盈盈的关心并没有停止。盈盈的妈妈从老家来看她，还瞒着她专门去了一趟公园相亲角，回来之后不停地劝盈盈减肥。细问缘由，原来是在相亲角时遇见一位男方家长，两边的妈妈对一对小孩儿条件，觉得门当户对，最后那边问："你女儿多重啊？"盈盈妈回答："110斤。"对方竟撇撇嘴说："我儿子不约会超过 100 斤的姑娘。"

如是的奇葩故事还有很多，我有朋友因为不愿事先提供照片没有相成亲，有朋友不得不在相亲中隐瞒了自己博士后的学历，一位工作有成的女性朋友甚至被当面告知："你太强势，像我老板，我会觉得很有压力。"相亲，成为我们生活中的一场漫长的面试，面试的标准答案有时如此肤浅迂腐，让我们觉得丧气：因为我们在寻找和期待的，也许是一个截然不同的答案。这个答案，有依恋，有尊重，有关爱，有翅膀和花朵。

2011 年，我第一次去婚博会，看着现场几万对新人进进出出，我忽然意识到，无论什么样的人，只要他想，一定是能结成婚的。那些什么也不问只看照片的男人，那些追问你户口、学历、家世、收入的男人，那些想着你要像妈妈那样照顾他的男人，最终都能结成婚。万幸的是，他们娶的不是你。

关于相亲，我还有最后一个故事要说。2008 年的一个饭局上，我被"偶然"安排坐在了一个陌生男人的身边。他说他叫那多，很高兴认识我。4 年以后，他成了我的丈夫。

我算是相亲成功的吗？可能是，也可能，缘分只是这样来了。

如果男人不舍得 / 给你花钱

　　小V同学最近心火旺肺火旺，鼻头生疮、嘴角起水疱、淋巴结发着炎，脑门正中还起了一颗大痘，随便往哪儿一坐都是大写的愁肠百转。聚会时我问她白色情人节准备送给男朋友什么礼物，她悻悻地答："送什么送，送他点脑白金。"

　　小V为了她那不会送礼的男朋友，已经生了小一季度的闷气了。快过年的时候，小V的富二代男朋友千里迢迢地从深圳飞到上海来看她，给她带的礼物是：一麻袋自己家里种的红薯，非转基因的，还带着土。

125

小 V 爱吃杂粮，收了这份新年礼物后，老老实实在家吃了一周红薯，早上蒸红薯，下午茶烤红薯，晚上红薯粥——是爱啊！她告诉自己。

情人节，她的男朋友再次千里迢迢来看她。来之前，男人做了很多铺垫："小 V 啊，我不想靠家里，我想自力更生，我们要开源节流，花钱要 reasonable（合理）。"

家境也挺殷实的小 V 看着男朋友请友人吃饭，在大董豪迈地吃到 10 个人的隐藏菜单，委屈地想自己也在自力更生，天天坐 1 小时地铁再骑 10 多分钟自行车去上班，为什么要替你开源节流，只吃了你家一麻袋红薯，为什么感觉像花了你家 10 个亿。

但小 V 是个好姑娘，从小受家里教育得很有规矩，觉得为了礼物争起来，显得自己格局小、没眼界，强颜欢笑说："不用给我带礼物，你来看我，就是礼物。"生生把眼泪憋回去了。

没过多久，小 V 的本命年生日到了，这次，又轮到男朋友来上海看她。下班到家，男朋友已经忙乎了半天，满怀着重大秘密的样子，神秘地对她说："宝贝，找一下你的生日礼物吧！一共是 6 个！"

小 V 不敢相信自己的运气，雀跃起来。找到第 1 个礼物，是个小玩偶，男朋友鼓励地看着她说："还有呢，继续找！"小 V 想果然任何撩拨都是需要前戏的，更高兴地继续翻寻……第 2 个礼物，是同系列的玩偶……

找到第 3 个玩偶的时候，小 V 已经理解了这 6 个礼物是并列关系而非递进关系，落寞地坐到了床边。男朋友却兴致不减，一个一个继续帮她把玩偶找出来。

小 V 此时已近乎崩溃，但是再三告诫自己不能哭，这时候哭出来整个人就不高级了。于是她拼命忍住眼泪，还配合着男朋友的进度，边拆礼物边发出"啊""哦""哇哦"的音效。

就在这时，男人来了一句："宝贝，怎么样？还有一个玩偶是限量版哦！"小 V 再也忍不住了，开始哇哇大哭，边哭边说："我知道啊！我的 Robby200 块，这个颜色的 700 块！我知道啊！但是生日为什么要送我这个……"

"我真的不在乎钱，也怕他觉得我在乎钱，"小 V 困惑地说，"可是为什么我在那晚，真的感觉到金钱和爱情的微妙联系？"

旁听小 V 这段情感官司的朋友里有男有女，男人们的意见惊人地一致：你男朋友又不知道你会先找到哪个礼物，这礼物怎么可能是递进关系，当然应该是并列关系……

"这——不——重——要！"在场的女人们异口同声地发出了怒吼，"只要6样礼物里有一个是小V真正喜欢的，其他的礼物哪怕是转折关系也不要紧好吗？！"

"你为什么不向姐姐们学习呢？"妇女之友豆子循循善诱地对小V说，"你看姐姐们多好，要什么礼物都会直接跟自己的男人说。"

相互了解底细的妇女们面面相觑，个个表情复杂，一时间千言万语竟不知该从何说起，只觉得鸡汤文写得太对：我们现在的样子，藏着我们读过的书、走过的路、吃过的亏、认过的怂和我们一路走来收到过的奇葩礼物。

盈盈叹了口气，先开始了自己的吐槽。她说她曾有过一段跨国恋情，那个男孩儿每次来看她，都会给她带一支Dior的口红。这小小的心意让她非常非常地感动，直到有一天她出差，在免税店买东西的时候，忽然意识到自己正好集齐了一套Dior口红的机场旅行套装。

"除此之外，我收到的就是乏味的花……花……花，巧克力……巧克力……巧克力。花和巧克力都是用来烘托氛围的好吗？？正确的打开方式应该是花和礼物，巧克力和礼物啊！花和巧克力？？No！No！No！！"她怒道。

"而我收到过一个 PPT，"小欠沮丧地喝了一口茶说，"也不比旅行套装口红拆开送人强多少。"

　　小欠跟老公在一起的第一年圣诞，早上上班的时候收到了男人发来的一个 PPT，打开一看，发现 PPT 的标题是："给小欠的礼物。"再点开看，真的是一个有图有文，会百叶窗效果播放下一页的 PPT。

　　"PPT 他也没认真做，一共就七八页，图片还是从我微博上盗的，最后一页居然写着'THE END'，我 ×，我当时真想就直接跟他 end！"都已经在一起这么多年了，小欠说起这段往事，仍然耿耿于怀，"关键是，因为他 track record（过去的纪录）这么差，我现在对他有了戒心，偶尔送对一次礼物，情况更可疑。"

　　去年七夕，小欠的老公忽然转性了，送了一支她心水的小众品牌口红给她，居然色号也挑得刚刚好，这一温柔的改变对一个曾经送百叶窗效果 PPT 的男人来说意味着什么？小欠拿着口红就纠结了起来。

　　被她一番严刑拷打之后，老公终于承认了他确实是请教了一位女性朋友才挑了这个礼物。看着小欠的脸色，老公表决心以后再也不请教女性朋友，也再不会送她这种礼物了！所以，不会送礼物的男人可怕，忽然变得太会送礼的男人更可怕，小欠沮丧地得出了结论，又埋头去喝已经凉了的茶。

对话掏心掏肺到了这个进度，我不得不祭出自己收到的最糟糕的礼物，来表示"谁不是吃苦长大的"。

想当年，我收到了不止 1 个最糟糕的礼物，我同时收到了——3 个！

已经快要跟我分手的异地恋男朋友，他不甘心就这样分开，诚恳地带着礼物来看我。因为当时我俩出差都多，不知道在哪里会碰上，他带着这些礼物去了香港、北京、纽约，最后，我们还是在上海约上了饭。

"我要给你 3 个你从来没有见过的礼物！"他郑重地宣布。

第 1 个礼物，是一盒 Victoria's Secret（维多利亚的秘密）的巧克力，7 粒装，盒子背后还写着价钱，6.99 美元。

"我以前只见过他们家的内衣，没有看过他们家有巧克力呢！"他兴奋地解释。

"是啊，难为你带着巧克力到处出差，还好天冷，没有化……"我勉为其难地试图继续聊天。

他又拿出了第 2 个礼物，是一个维多利亚秘密的大号黑色购物袋。

"我以前只看到过他们家的粉红纸袋，没有见过他们家有这样的购物袋！"他继续解释。

那时候我年轻脸皮薄，大庭广众之下被人送了个购物拎袋，脸上已经有点挂不住了，很直接地问："这是你买巧克力的时候跟人要的吧？"

他脸上微微一红，说："是的。"又打起精神来，"下一个礼物，我向天发誓你从来没有见过！你还记不记得，我们在恒隆逛街的时候，你喜欢的那个B打头的品牌？"

他说的是宝格丽吗？我震惊了。我这个男朋友，算是靠自己努力成为金领的人吧，人聪明异常，会说好几门外语，喜欢文学音乐、艺术阅读，人也善良耿直，很好相处，账面上的条件可以说是完美，可我一直在犹豫的一点是：

他是一个很会过的人：出差5天住同一个酒店，可以为了积分check in（入住）再check out（退房）好几次，酒店送给白金卡客人的茶叶，他装在塑料袋里带回去给爸妈泡茶喝，我们俩是异地恋，常常说好在两个城市的中间点见面，有一天早上我在那个城市的酒店醒来，发现牙膏、牙刷、梳子、沐浴液，已经全部被他收好，准备拿回去送人了（我的时间才是最宝贵的，他总是说，送什么样的礼物本身并不重要）。

——不是说这样的人不好，其实后来作为朋友相处，他为人真的很好，可是谈恋爱，就感觉好像总是在 99 分徘徊，怎么也夺不下攻城略地的那最后 1 分。

莫非这一次，铁公鸡要拔毛了吗？我居然心跳都要快起来了：如果一个这么会过的人，忽然咬牙给你买了个贵重的礼物，无论怎么说，也是在意你的表现吧，那我到底还要不要跟他分手呢？也许一个女人不应该太在意男人的这些小节，过日子嘛，没有一个男人是完美的，只要他爱你就好了，也许这样的男人反而更实惠呢……

我的男朋友不知道他说完"B 打头的品牌"之后，我已经飞速完成了这样一波三折的心理活动，他径直拿出了第 3 样我"肯定没有见过的字母 B 打头的"礼物：

一块小肥皂。

是……一……块……肥……皂啊，各位读者！一块小小的灰色纸盒包装的肥皂，上面写着：Bvlgari（宝格丽）。

"这……是你出差住的酒店的肥皂吧？"我难以置信地问。

他愣了一下，说："是的。"

我当时有很多话想对那个男友说，我想说海滩上找来的贝壳算浪漫，酒店里顺来的肥皂不算；我想说我的时间也是时间，可是我会用心地去为你挑礼物；我想说你这么精明的人，该重新学会算爱情这笔账，任何没有真心的举动都无法让你在这个账本上收支平衡……但是，最终我一句话都没有说。

我怕场面太难堪，我怕显得我格局小，我怕我说出这些话来，整个人就 low 了——多年前的我，就是现在的小 V。如果爱情课里有一个顿悟的时刻，这就是我们的时刻。忽然我懂了感情和金钱之间，真的存在一种微妙的联系：不管你是否拜金，男人如果不舍得给你花钱，你就一定要去花一花他的钱；男人如果从来都肯为你一掷千金，你就尽量不要去花他的钱。

从那以后，我对爱情的选择变得随心所欲。我再也不去考虑对方的学历、家世和职业、背景，我只在乎他跟我是不是能吃到一块儿，能聊到一块儿，笑点是不是一致，对我够不够好。

又约会了几个靠谱或不靠谱的男人，直到有一天我通过相亲认识了一个叫那多的作家。他知道我上班到下午的时候会很抓狂，所以每天都在 MSN 上给我讲个童话。

有一天我去纽约办事，他去送我，下车前，他塞给我一个笔记本，让我在飞机上看。登机以后，我打开笔记本，里面是他给我讲的每一个童话，每一个。

我原本订了一周的行程，下了飞机，我来来回回地翻了一遍这个笔记本，就订了第二天的机票回来了。

就这样，有时候，搞定女人的礼物，就这么简单。

"你什么时候要孩子？"　　／
"今晚。"

　　其实我是很喜欢小孩子的。我的梦想之一，是抱着一个软软香香、打扮得很可爱的小朋友，到苹果树底下去野餐，指给他看树上的小鸟，喂他吃好吃的饼干，跟他拍很多照片，然后在他尿湿哭闹的时候，把他送还给他的亲生父母。

　　对一个生命负责，我有点害怕。

我结婚 4 年了，暂时不要孩子，有好几个原因：一来，我和老公都心重，对结婚生子这些人生中的规定动作充满疑虑。

我们相恋多年才准备结婚，其实对方早已成为生活的一部分，按理说没什么好怕的，可婚礼前夕，我们还是各自产生了严重的婚前恐惧：真的要跟这个人厮守一辈子吗？我喜欢他的家庭吗？从此以后直到我死，我只能跟这个人有性生活吗？

有一个瞬间，我们甚至想取消婚礼。关键时刻闺密鲍鲍一掌把我们拍了回去："这把年纪了你们还好意思婚前恐惧呢，这个年纪，单身或离异，在街坊邻里当中的丢人程度是一样的，还不如结一次试试呢。"我们就这样两害相权取其轻地结了婚，过得挺好（而跟我同年，玩命劝我结婚的鲍鲍，至今单身，过得也挺好）。

所以，跟一个人的未来有某种形式的绑定我们都纠结了半天，要对一个人的出生负责且无法撤销操作，我们自然更犹豫。

不要孩子的第二个原因：是看了太多朋友们的实例。

我的朋友们在这方面十分整齐划一：从备孕直到孩子百日宴，都带着幸福的微笑说我只要孩子能开开心心健康成长就好；在学前班的时刻开始纠结人家的孩子都去学了，我的孩子不去会不会吃亏；接着，就开始了漫长的托人进幼儿园，托人进小学，托人进中学。

别的不说，在当代中国社会，当一个幼儿园小朋友的母亲，除了要有琴棋书画舞的基本知识，好歹能跟专科老师聊得上天之外，还得会做各种莫名其妙的功课，回答各种不知所云的问题，做孩子自我介绍的PPT，准备元宵节的灯笼，捡秋天的叶子当书签，缝万圣节的环保衣服，烤圣诞节的饼干……中国的通识教育，是从当妈开始的，真的。

我的这些朋友，真不是那种吃屎都要趁热吃，嫩尖的拔尖派，然而一句"那小孩儿会不会不如别人"就让他们焦虑至此。除此之外，还得保证这孩子活着，吃饱穿暖不生病……养育后代，也许能得到巨大的生命延续的幸福感，是自我价值实现的一种方式，但确实是一个浩大的工程。

暂时没生的第三个理由，在于我们自己。

有一天，也不知是作的什么死，我俩在家里畅快地聊了一下我们的童年。从我每晚大哭不肯睡，兜里藏着半生鸡蛋，穿着新大衣摔跤沾了一兜蛋黄说起，聊到老公小时候在家养过蚂蚁、蚕、蜻蜓、蝴蝶、鸭子、小鸡、猫咪、乌龟和蛇（蛇跑了，其他全死了），去邻居家串门，被发现趴在人家床底下拿着火柴试图点火……两套这么强大的基因班子会生出个什么样的妖怪来，相信科学的我们不得不更加谨慎啊……

没有做好繁衍后代的思想准备，这固然不是一个人完美成熟的表现，但作为一个 38 岁，自力更生，每年给社会提供小 100 个就业机会的人，我觉得我晚结个婚少生两个孩子，也并不是什么巨大的人生瑕疵，然而人们似乎并不这么想。

"你什么时候要孩子？"这是我每年被问得最多的爆款问题。被问得多了，我慢慢也总结出了一些应对的方法。

有些人问这个，只是单纯为了聊天，就像"你是什么星座的""我还有一个路口就到了""某某，人是个好人"一样，有时候"你什么时候要孩子"只是社交中的起承转合，表示此处需要另起一行，人家问得敷衍，你也不必答得认真。

有些人问这个问题是真的关切：父母、闺密，他们真的在意你进入倒数计时的排卵能力，别人都关心你飞得够不够高，只有真正爱你的人才在意你的卵子还够不够用。

他们经常会说现在不生，以后要一辈子后悔，虽然理论上生了孩子也有可能会一辈子后悔，但我通常不会跟这些人回嘴：做点小买卖，我们在外蹚得过工商消防房东美团点评，在家听亲人说两句怎么了，又会少一块肉。大人问我什么时候生孩子，我就嬉皮笑脸地回一句："今晚。"总能蒙混过关。

我最受不了的，是"轧账式"的点评。深造、升职、加薪、得奖、创业挣点小钱……我感觉人生中每走出一步，都会有不相干的人追在屁股后头问："那你们什么时候生孩子啊？"

那感觉就好像，人生的所有努力都是不必要的，我辛辛苦苦读的书，一个个通宵做出来的店，一次次不顾一切的努力，所有的得分，都因为没有按时生孩子被扣光了。

人生这笔账，真能就这样因为生育被轧平吗？真的吗？繁衍真是个天大的超能力，值得被单独立项攀比炫耀吗？没有孩子的人生也许确实不完整，但只完成了结婚生子这个 KPI 的，能被称作人生吗？

"你什么时候要孩子？"也许是今晚，也许是明年，也许永不。但无论如何，请记住，这是我的事，不需要任何人喋喋不休地追问。也许，我宁愿成为一个"然而并没有什么卵用"的女人。

那些我们终将路过的　　／
大哥大、BP 机、朋友圈

10 多岁的时候，有一天，我决定带着我爸的大哥大出一趟门。

那时候大哥大还挺少见，一般都是出现在香港黑帮电影里，老大走在前面，屁股后头跟着一个墨镜小弟，亦步亦趋地捧着个黑色的砖头手机跟着，所以这款手机才被叫作大哥大。我爸居然能从不知哪儿带了这样一个大哥大回家，并且正好在周日放在了家里，我觉得不能错过机会，必须带出去嘚瑟一下。

大哥大是摩托罗拉那种砖头手机，按键漫不经心地裸露在机身上，手机黑乎乎的，有半根筷子长的天线支在机身上。一个小姑娘就这么拿着个手机出去未免有点不安全（天哪，被虚荣心完全占满的我还知道小命最重要呢，还是有自己的正确优先级顺序的），我找了个妈妈买菜用的马夹袋，把大哥大放在马夹袋里，左看右看，还是能看出大哥大的形状，我又往里塞了本书，塞了一小袋橘红糕，想了想，又带上了我的通讯录。

本来的计划是一路走出去，把大哥大带给认识的小朋友看一眼，从而形成我大姐大的光环。但是平常热热闹闹的弄堂里，那一天竟一个小朋友都没有。

我继续往前走，走到外婆家，沿路都没有我认识的孩子；再沿着襄阳路一路直走，到淮海路转弯，直到进了襄阳公园，居然还是没有遇到一个熟人。

没有人，要怎么炫耀这个厉害的家伙呢？我紧紧抱着那个红色马夹袋，坐在公园长凳上想了半天，拿出通讯录来，给同学打了一个传呼电话。

不，不是呼机回电，那个时候呼机的时代远未开始，我说的是那种烟纸店柜台上的传呼电话，有个老伯伯或者老阿姨接了电话，到弄堂楼下大喊一声：几号楼几〇几有电话。

我的同学叫何科艺，整个通讯录上，我只有她的完整地址和传呼号码。我颤颤巍巍地拨了电话，给喊传呼的老伯伯留了我的大哥大回电号码，号码就贴在大哥大的后面，因为是 9 字开头的奇怪号码，老伯伯跟我确认了好几遍。打完传呼，我坐在长凳上，等回电。

公园里人很多，小一点的孩子在荡秋千或者玩皮球，大一点的在跳橡皮筋，我一手紧紧攥着大哥大，一手从马夹袋里掏出橘红糕，边吃边等，快吃完一袋的时候，回电来了。

回电的，是何科艺的妈妈。她用充满怀疑的声音问："你好，我是何科艺妈妈，谁找她？"不能让大人知道我偷了爸爸的大哥大出来嘚瑟啊！我吓得马上挂了电话，挂完还惊魂未定，一场还未展开的装 × ，就此失败。

回到家，我飞速地把大哥大放回原处，但还是被我妈发现我拿了她的马夹袋，把我骂了一顿。

不知怎的，关于大哥大，我的记忆总不是太好。又过了几年吧，大一开始前，我在热心亲戚的介绍下，经历了我人生中的第一次相亲。那个男孩子很老实，第一天出来玩，到傍晚的时候忽然毫无预兆地说："我要回家吃饭了。"媒人回去跟男方家长很是抱怨了一通，第二天，男孩子又约我出来。这一次，他手上多了一个大哥大。

"我爸让我带着，万一有事好跟我说。"他解释道。

整整一天，家里都没有任何事要找他。快天黑的时候，他的大哥大忽然响了，接了电话之后，他说："我妈让我不要回家吃饭，家里没有给我留饭……晚饭，你想吃什么？"

暑假过后我就进了大学，正好赶上了 BP 机盛极而衰的时代。最开始是数字机，买机器的人会得到一张神秘的表格，上面列着每个数字对应的姓氏，以及数字组合对应的"请速回电""节日快乐"之类的常用语。BP 机"哔哔哔"地响起来，显示出一串数字，每个人都像发报员一样，看着数字密码译出其中的意思，决定要不要找个公用电话回电。据说，能背出多少数字组合，还是时尚度的重要标杆，这大概是历史上，时尚和数字唯一的一次紧密结合了。

要是有复杂的，靠数字密码无法尽述的话，则可以留言给呼台小姐。我的大学同学当时在进行一场漫长的异地恋，一跟男朋友吵架就连 call 对方十几个信息，通过呼台小姐留言；久而久之，呼台小姐们都知道他们的各种情感进展，每次吵架还会偷偷说一句："哎呀，这种事嘛，就算了。"

靠背密码做生意、谈恋爱毕竟不太方便，等我买第一个 BP 机的时候，周围的人基本都在用中文 BP 机了。机器可以显示中文，呼台因为竞争激烈，还附送非常多的增值服务：天气预报、股票信息、新闻头条之类的。街上走的每个男人似乎都在腰带上别着 BP 机和一串钥匙，走着走着，BP 机响了，他们就会看上去很受困扰似的，皱皱眉头取下 BP 机看，很多时候，也许 BP 机上显示的只是明日天气预报。

我买 BP 机，是为了接活儿方便，给各路穴头留下我的 BP 机号码，说句"有事您 call 我"，可能找我做主持人接私活儿的人就会多一些。那时候上个课，老师和学生都随身带着呼机，常常排着排着戏，就看到老师和同学们的呼机此起彼伏地振动起来，大多是有活儿找他们。我很羡慕，错误地将有活儿干的理由归于有呼机（并不是，call 我的只有我妈）。

用了呼机没几个月，寻呼台就开始一个接一个地倒闭了。大家全面地进入了手机时代。一直到今天，我都特别想认识当年做各种手机广告的 agency（代理）们，想知道他们在突出各种稀奇古怪的手机功能时到底是怎么想的。16 和弦的铃声与 32 和弦的铃声到底有什么区别，反正都是黑白色的贪食蛇游戏，还有滑盖、翻盖、双屏（好吧，算上你们划时代的彩屏），就这点花头竟能不停歇地吹出好多年的高科技感来，我真的觉得手机广告的 agency，是除了麦当劳供应商以外，最不容易的 agency。

当时有款很红的手机是诺基亚的 8110，谁若是有一个那真是了不得。那多老师有个好看的女性朋友曾经有一个，1996 年的时候，售价 1 万多块钱。那老师说他每次拿起这位姑娘的手机，手都有点抖，觉得弄坏了得赔上自己一年的工资。后来他就跟这位有天价手机的漂亮姑娘好了，我认为他三观很正。

2004 年，我到了纽约读书，朋友带我买了手机办了号码之后，带我去唐人街买了张国际长途 IP 电话卡，好像是 10 美元有几百分钟通话时间之类的，总之是物超所值。

每周，我都用那张电话卡给家里打电话。因为便宜，所以通话质量很差，杂音多，而且老是串线，常常说着说着话，就忽然听到不知哪里的两个福建人在电话里大聊特聊。电话总是我妈接的，她接了电话就会大喊一句："小赵！你女儿来电话了！"爸这位"小赵"就会飞速一起过来听着。

再怎么样跟大人解释 IP 电话卡这回事，他们都觉得国际长途是一样很贵的东西，怎么都不肯多聊。常常是我才问候了一下，说了一句我在纽约过得挺好，我妈就说，很好就好，电话费很贵的，不要多聊。有时候我爸会问我冷不冷，我说冷。我爸就说，冷就多穿点哦，一定要多穿点哦。我妈就说好了好了，快挂电话了。就这样，毫无预警地，"吧嗒"一声挂了电话，把我一个人留在纽约小小的 studio（工作室）里。

时间久了，我就觉得给家里打电话特别无聊，慢慢地，也不高兴总给爸妈打电话，逢年过节地问候一下，好不好冷不冷学习怎么样身体还好吗，那几百分钟的通话时间，直到我回国，也没有用完。

2005 年，我搬去了纽黑文。纽黑文治安很差，学校又是开放式的校园，每周的例行节目就是校警群发短信，说哪个系又有人在什么地方的停车场被持枪者抢了，大家如果要在天黑之后回家，请务必联系校车接送。

本来就冰天雪地，外面又不太平，我就不太愿意出门。我去买了暖锅，去韩国人店里买了粉丝年糕、切片牛肉，又托朋友从上海带了两箱小肥羊的火锅底料回来，每天煮着火锅，有什么吃的就往里扔一下，有朋友来了，就多加一双筷子。通常没有什么人来，我自己一边煮着火锅，一边开着电脑做功课。有时候，在纽约读书的男朋友会坐火车回来看我，更多的时候，我一个人吃饭。

我住的那个公寓，不知设计出了什么岔子，窗户是朝着内院的。用力打开堆满积雪的窗户，正对的是院子的墙壁。我每天在吃饭的时候打开窗户，盼着有松鼠来跟我要花生吃，松鼠从没来过。

我有个大学同学叫王博，是个编剧，那时候总在熬夜写剧本。我在组黑文的下午打开 MSN，上海的朋友里，常常只有他一个人在线。有天我下午 2 点下了课，在家里吃我一成不变的火锅午饭，他正好在线。我问他在做什么，他说他 12 点的时候炖了一锅牛肉汤，现在正一边写剧本，一边等汤熬完。

我们就这样，在 MSN 上，有一搭没一搭地聊着，一起等着他的牛肉汤熬完。一会儿问问是不是该加水了，一会儿他说水加多了锅要溢出来了，就这样，为了一锅我根本见不着面的牛肉汤，等了四五个钟头。

我那边快傍晚的时候，王博说："天亮了，我的牛肉汤好啦，好香好香，味道正好，番茄洋山芋放的时间都正好，等你回来，我再给你炖一次。"

我听了，竟然高兴了很久。

一毕业我就回国了，在 MSN 上跟朋友聊天，在 QQ 上传文件，在 Facebook 上潜水，在开心网上停车偷菜，在微博上扯皮聊天，最后，受到同事强迫，为了工作方便装了微信。

我讨厌微信。这是一个 24 小时不停歇的电话会加 MSN 加 QQ 空间加新浪微博，用上了它，就感觉自己被 360 度无死角地管着，尤其是被爸妈管。

因为受不了各种惊天的用葱、姜、蒜治疗癌症的养生文，我屏蔽了所有长辈的朋友圈，包括我爸妈的。还和 10 年前在美国的时候一样，爸妈不太跟我说话。我们一周吃一次饭，其他时候，妈妈还是习惯用手机直接给我简短的指令，爸爸则作为"小赵"，在电话里适时地出现一下，问我北京冷不冷，三亚热不热，在哈尔滨穿高跟鞋会摔跤吗。

我们极少在微信上聊天，我从来没有看过他们的朋友圈。

爸爸去世的时候，我想把他的手机重新弄一下，给我妈妈用，无意间打开了他的朋友圈。全部是转发的关于我的消息。我发的公司活动、我的公司促销、我们店里的活动、我写的游记。最后的转发日期，已经是他在病危的时间。我看着他的朋友圈，拿起我的手机，给他发了一条微信：爸爸，我很想你。

那时候我忽然又想到了 10 多岁的时候，拿着爸爸的大哥大出门嘚瑟失败的经历，其实那一次，我只想碰见一个小伙伴，告诉他：这是我爸爸的大哥大，我爸爸厉害吧！

一切都是套路 /

　　兔兔是作为泡妞战略的一部分被送到我家的。彼时那多老师正在追我，送了一只狗来，找来一堆遛狗、送狗粮或是带狗狗看病之类的借口，便可以常常来我家看看。他给狗狗起好了名字，叫"兔兔"，这样在我心里，它就变成了一个有名有姓的真实存在，无法退还不要的陪伴。总之悬疑作家很可怕，这招很管用。

　　兔兔是只黑白相间的边境牧羊犬，来的时候才几个月大，圆头圆脑的一小只，很害羞，赖在自己的笼子里不敢出来。我们把笼子的门打

The Soul
Wrapped

in a

Size 2
Dress

150

开，它自己轻轻探出头来，咬着门闩，把笼子门又关上了。

那多把它轻轻抱出来放在沙发的毯子上，它瑟瑟抖着，惊恐地看着我。我没有养小动物的经验，小时候总是被邻居家的猫挠，当时也很害怕兔兔咬我。我们俩就这样，谨慎地看着对方，谁都不敢动。最后那多把兔兔小小的爪子放到我手里说："它很乖，不会挠你的，这是你的朋友了。"我很尴尬地握着新朋友软软的爪子，心想：妈的，从此以后，我还得保证这家伙活着。

我的这个新朋友，仅仅乖了一个晚上。从它入驻的第二天开始，它便进入了全力捣乱的小狗模式，每天做一件以上厉害的事：尿在沙发上，玩命撕卷筒纸，或是在家具腿上啃出很多个棱面，或者在我的 Jimmy Choo（周仰杰）鞋里拉屎，完全是一只具有反社会型人格的狗。我给它买了个萌萌的，连我看了都想进去躺着的长毛绒狗窝，然而，这却成为它报复社会最好的工具，每天到家，就看它拖着自己的窝满屋乱跑，把窝里的棉絮一点一点咬出来，有时候我在卧室里睡个午觉，醒来看到它高高兴兴地坐在床边，头上顶着它的窝，间或还有棉絮从头上飘下来。

那段时间，尤其是在清理过 Jimmy Choo 里的狗屎之后，我不止一次抓狂地揪着兔兔的耳朵把它拎起来，对那多说："你给我把这个东西弄走！我不想要它！"那多这时总是先把兔兔一把抱走，留下一句："不要紧的，它会长大的。"

它确实很快就长大了，也不知是随谁，长大以后的兔兔又敏感又爱操心，牧羊犬的性格展露无遗。

白天我和那多走在小区的路上，它一边警惕地看着路上的小猫啊小青蛙啊，一边围着我们绕圈，生怕我俩走散了；晚上我睡不着觉，睁着眼睛望着天花板叹气，它会慢悠悠地踱过来，跟着我叹一口气；它还很喜欢给自己划地盘，遛它的时候，它在这棵树边尿几滴，那根柱子边又尿几滴，认真极了，常让我恍惚间觉得整个小区确实都是我们家的。有一天那多在阳光房里写小说，兔兔在边上独自玩，场面特别阳光静好。等那多写完起身，发现兔兔围着他，细细地，均匀地撒了一圈尿。我笑得直不起身，告诉那多说："祝贺你正式成为兔兔的'bitch'。"

兔兔唯一不会的，是抬腿尿尿。大家都觉得一只这么英武的美犬蹲着尿尿有失风度，纷纷献计献策，那多的妈妈有一天专门打电话跟他说："这样下去不行啊，你要给兔兔示范抬腿尿尿啊……"那多居然还真的很认真地想了一想，回答妈妈说："我也不知道要怎么抬腿尿尿啊……"

151

虽然没能学会潇洒的尿姿，但是跟着那多这位作家玩久了，兔兔比寻常人家的狗多掌握了一些词汇量。有时我下班回家，看到那多正拎着兔兔的耳朵说："你这狗头，生得倒有几分俊俏！"我洗完澡敷着面膜出来，那多会问兔兔："兔兔先生，现在你还能认出面前的这位美丽的人类女性吗？"又有时候遛狗，我听到他对兔兔说："兔兔啊，小野猫风餐露宿，饥寒交迫，不要再欺负小野猫了。"兔兔垂下耳朵，好像很同意似的低下头。

不知为什么，兔兔对声音很敏感，一切奇怪的声音都会让它非常害怕，第一次听电吹风，第一次听到装修冲击钻的声音，甚至第一次听到晚间新闻的片头音乐，它都吓尿了，第一时间躲到我的边上。

很快就到了除夕，这是兔兔经历的第一个春节。12点钟的时候，忽然，漫天的爆竹声响起，兔兔在阳光房里大叫起来。我冲出去一看，兔兔已经吓得尿了一地，但是依然顽强地对着窗外，对着不知是什么的"妖怪"大声叫着，看到我，它没有像往常那样躲过来，而是冲到我的面前，声音改成了低吠。兔兔，我小小的新朋友，在一片让它惊恐不已的烟花爆竹声之中，正在努力保护我，身体是完全的战斗姿态，但同时又在发抖。这个春节以后，每次我跟那多老师吵架闹着分手，都会说："分手，兔兔归我。"

结果，我们没有分成手，反而结了婚。结婚的时候，我们搬去了一处大些的房子，那多老师又不知从哪儿弄来了一只小金毛，说两只狗可以做伴看家。新来的这只狗生得很好看，我们叫它"漂亮"，有客人来家里，我们想正式一些介绍它的时候，就给它一个抬头，叫它"漂亮先生"。

　　跟兔兔相比，漂亮是只蠢得让主人心酸的狗。一样是第一次吃玉米，兔兔用爪子把玉米粒一颗颗扒拉出来吃干净，此时，漂亮风驰电掣地过来一口吃掉了玉米梗子；吃西瓜，兔兔谨慎地闻过来又闻过去，最后吃干净了瓜瓤，漂亮则一如既往地傻乎乎，冲过来就把西瓜皮给吃了。两条狗在家各自尿了一处，划地而治，有时候兔兔咬坏了东西，会偷偷放到漂亮的地盘上，我们也分不清到底是谁干的坏事，常常就把它俩都揪起来打两下。

　　在看家护院的领域，漂亮似乎也没有什么才华。兔兔从来不吃陌生人给的食物，而漂亮走在路上，如果前头的路人手里拎着一马夹袋吃的，它走着走着，就跟着人家拐弯了。

　　有一天我让司机去我家取点东西，他回来之后我问他："我们家漂亮有对着你叫吗？"司机答："没有啊，它先把左爪伸出来给我握着，握一会儿又换了右爪给我，友好极了。"

那个时候我公公还在世，也很为漂亮这个没有看家前途的家伙担心。他厚道地推测说，也许有个人以非正常方式翻墙入院，漂亮先生就会冲上去咬人家，为我们看家护院了。"你们可以找个朋友翻墙试试看。"我公公很积极地建议道。

主意虽好，但我们找不到什么朋友愿意挺身而出，替我们翻墙测试狗狗会不会咬人，这个建议就被搁置了。在这里我想插播一句，公公婆婆给我们的充满建设性的养狗建议，让我忍不住多想了一下那多老师的童年。

我们的新家在一个老式工人新村的尽头。小区里的住户大多在这儿住了几十年，彼此间都很熟悉，我们是新搬去的，进进出出，邻居们都以怀疑的眼光打量我们，也没谁跟我们讲话。

然而漂亮会没心没肺地去招猫逗狗，今天邻居小姑娘给它吃根红肠，明天它讨好地叼着只小老鼠去给人家看，要是再给它一个球，它能绕着你玩得不肯回家。渐渐地，漂亮成了小区的人气王。爷爷奶奶要哄孩子吃饭，就说："乖乖吃饭，吃好饭带你去看大黄狗。"小朋友就会速速扒儿口饭，然后跟着奶奶到我们家人门口等着漂亮山来。有一次我下班回来，看小朋友等得急，开门把漂亮放了出来，转身一看，小朋友们已经吓得跑没了影，有一个还在哭着大叫奶奶。

但是小朋友们依然天天来看漂亮，看着看着，也认识了兔兔，然后，认识了我们的阿姨，认识了那多和我。

现在牵着漂亮和兔兔回家，一路上，巷子里的人们都会七嘴八舌地跟我们打招呼："啊呀，漂亮回来啦！""咦，兔兔怎么又把尾巴咬秃了？"兔兔依然心事重重地警惕地走着，而漂亮，就在人们的一片赞叹声中迎着夕阳得意地前行，大爪子"啪啪"地、有力地踏在地上，长长的金毛迎风舞动——相当有偶像剧明星气质的一只狗。

又过了几年，我父亲忽然病了。有一天晚上，下着大雨，我和那多去医院给爸爸送饭，路上看到一只挂着项圈的小白狗戚戚然在街上走着。车水马龙的街道上，小白狗小心翼翼地走着，绕过自行车，绕过路人，有汽车按着喇叭从它面前开过。它是迷路了，还是被主人遗弃了，在找回家的路？不管怎么说，马路上太危险了，我们找地方停了车，想把这只小狗先抱到安全的地方。

怎样它都不肯跟我们走。给它吃的，跟它说话，追着它跑，它总是能够躲起来，不让我们碰到它。最终，我们只好放弃了，那多叹口气说："它应该还是在等主人来接它回家吧。"我们重新启动了车子，往医院开去。雨刮器在车窗上有节奏地摆动着，我从后视镜里看着小白狗惶惶然的身躯渐渐变小，忽然意识到，狗比我想象中要敏捷很多，每次兔兔和漂亮做错事，都是故意停在那里，任我揪它们的耳朵的。

这就是我要讲的，关于兔兔和漂亮先生的故事。

Size **6**

她们美丽而英勇
地生活，
从此真的看到了
日沉日落，万丈
星辰。

size

6

我一直想成为她 　/

　　Marcia 50多岁的时候，有一天早上坐在床上看报纸，老公进来对她说："我们离婚吧，我爱上别人了。"她想了想，同意了。她和前夫都是NYU（New York University，纽约大学的简称）的老师，都可以租学校的公寓住，离婚之后，她的前夫飞速再婚，和新婚妻子一起，与她住在同一栋楼里。Marcia是个好胜的人，她当然也不会搬家。

　　这段经历，Marcia所有的学生都知道。因为纪录片专业的第一堂采访课，规定项目就是采访Marcia本人的离婚经历——如果写文章可以加表情，我想在这里加上无数惊呆脸。别说我这样的国际生，哪怕是见多识广的纽约本土学生也受不了这么大尺度地采访老师的婚史：她决定你能不能拿奖学金，推不推荐你去好地方实习，你确定要问她离婚是不是因为脾气太坏？

Marcia 同时还要点评学生们提出的采访问题：这个没问到点子上，那个太礼貌。反正从我的角度看，每个人都在很小心地挣扎着，既不想表现得太烂，又不想真的惹到她。

我是最后一个，轮到我的时候，所有礼貌的角度全部被前面的孙子们变着法儿地问完了。"Amy，我希望你有一个新角度。" Marcia 坐在教室的蓝背景布前面，瞪大眼睛笑眯眯看着我，她瘦削小巧，齐肩金发在灯光下闪闪发光。

厕也并没有用，我硬着头皮问："如果你们有孩子的话，结局会不会不一样？" Marcia 忽然板起脸来，说："我不想回答这个问题。"

一个寻常的"八点档"问题居然激起这么大反应，我也很吃惊，愣愣地觉得自己误打误撞到了一个什么八卦，还没来得及消化，下课了。

同学们各自三三两两地散去，我一个人在走道上呆呆地想饭辙，Marcia 走过来，有点愧疚地对我笑笑说："你直觉很好啊，以后拍片子用得上……对了，周末要不要来我们家吃饭？"

　　Marcia 说的"我们家"是指她的新男朋友 Peter 的家，Peter 是个实业家，在下城河边有栋 Loft 复式公寓。Peter 也是个倔脾气，跟前妻离婚的时候，前妻要求一切都要公平地一人一半，Peter 便在房子的中央砌了一堵墙，电梯公用，其他全部真的"一人一半"。就这样，跟前夫住在一栋楼的 Marcia，在约会跟前妻住在一栋楼里的 Peter。

　　Peter 跟前妻所生的孩子们已经都工作了，那晚正好也来看爸爸。我带了瓶酒去，Marcia 来开的门，带我进屋，寒暄，我摸摸他们家的狗，赞美了他们的房子好大好漂亮，然后想去开冰箱把酒冰起来。这个时候，我看到了冰箱门上贴满了 Peter 给 Marcia 拍的照片，除了几张脸部特写，其他的全部是 Marcia 的……身体部位的高清局部裸照。

　　"这是 Peter 帮我拍的，"Marcia 搂着 Peter 的腰，对我说，"我非常非常喜欢，觉得他拍得好有爱，就贴在冰箱上了。"26 岁的我，其实连成人片都没有看过，突然看到女教授的裸照，看也不是，不看也不是，都不知道该说什么。

　　我转头偷看 Peter 的孩子们，他们打电话的打电话，吃东西的吃东西，对这些照片视而不见。于是我努力跟 Marcia 聊天，聊她 30 年前怎么逃脱开钢铁厂的爸爸严厉的管教，逃到纽约来成为一名纪录片导演，聊她怎么边上课边拍自己的片子。我心不在焉地聊着，时不时地偷偷瞥一眼她的那些照片。"放轻松啊，我还是你的教授。" Marcia 看出我的尴尬，大笑着对我说。

Marcia 是一个非常严厉的教授。她的课是在周二，一整天，7 个小时。我们 12 个学生，一个一个上去放自己的片子，被大家批评，讨论。Marcia 对细节很挑剔，评价永远都是"镜头不够近""镜头不够远""素材不够多""故事讲得不够深"。她的本事也很大，每次我偷懒不用三角架，都能被她抓出来，皱着眉头对我说："I'm not thrilled.（我并不感到激动。）"

她还反对我们用音乐，特别强调自然的背景声："这里为什么没有开门的声音，那里为什么没有切菜的声音……没有带收音设备吗？为什么不带，你们到底有没有在用心做功课？所有素材全部重拍一遍，不，我不管你到底有没有时间、有没有可能，全部重拍！"

除此之外，她还经常给我们留很多莫名其妙的阅读功课，要求我们写阅读笔记。我记得我们的第一个阅读单子里，居然还包括伍尔芙的《达洛威夫人》。忙得要死做功课都来不及，谁要跟你去讨论意识流讨论身心灵啊，真是让人崩溃的老师。

这样的 Marcia，特别不受学生喜欢。国际生还好，大家逆来顺受惯了，觉得老师提要求很正常；散漫惯了的美国学生，只要聚在一起，就要抱怨 Marcia 几句，说她强势得不可理喻，憋着要给她在学期末的教师表现打分里打低分。

Marcia 似乎完全不在意我们的感受，该干什么干什么，常常在骂完我们一整天后，邀请我们课后去跟她喝酒。

研究生导师带学生喝酒，事实上是场面话社交的一种，只不过美国人的场面话更热闹些，一般来说，讲一讲足球、棒球、篮球，聊一聊去哪里过感恩节、去哪里爬山，再说一说家里人的情况，一次场面话社交就告一段落了。

Marcia 不一样，她一屁股坐在我们这些女生这一边，问道："你们一般都约会几次才跟男朋友上床啊？"我们正在分别认真数着呢，她自己回答道："我让 Peter 等了 13 次……"这样的话题仿佛感觉又回到了第一堂采访课，大家都不知道在这个时候该问什么问题。其实我特别想问："Peter 年纪这么大了，等 13 次，你不怕他老得搞不动吗？"直到最后，我还是明智地忍住了。

可也不知怎么的，从那次喝酒以后，我越来越喜欢 Marcia，Marcia

跟我也变得越来越亲近。除了每周二被她骂得狗血淋头以外，剩下的时间，我们常会一起去吃饭、喝咖啡，布置她家的圣诞树。她很喜欢圣诞树，才 10 月，就不知从什么地方弄来了一棵树，买了一堆装饰，今天放一颗星星，明天挂个鞋子，弄好了就呆呆地看着，可以在树下玩一个下午。我对这些没有兴趣，她装饰树的时候，我就翻翻她的书，找她以前的照片来看，或者听她讲她跟父亲的关系有多差，圣诞节是他们唯一能稍微和平相处一小阵子的时候。

有时候我们也会讨论功课，当时正好是美国大选，我们被扔出去做各种大选故事。南美的同学能找到西语台的各种关系，印度的同学本来就是国际台的记者，能找到很多采访对象，连全班最小的 Cory 都因为本来就是共和党，成功地找到了自己的故事。只有我，谁也不认识，给谁写信也没人回。我跟 Marcia 抱怨我找不到人采访，而 Marcia，作为一个不停在课上宣传女权的人，居然对我说："功课是一定要做完的，没人理你，你就对人家撩头发啊！撩一下头发你是会死吗？"

那一周，终于有一个 19 岁的竞选志愿者回复了我的邮件，约他喝咖啡的时候，我发现自己可耻地撩了撩头发。不知道是撩头发的作用，还是我鲜明表现出的绝望让他同情，他带我溜进了一个活动，我莫名其妙地采访到了当时的华盛顿州州长骆家辉。

一年很快过去了，在这一年中，我依然每周都会被 Marcia 骂得狗血淋头，依然常去她家坐在冰箱边，看着她的局部裸照吃饭喝酒。她教我挑好喝又不贵的酒，带我去犹太人开的店里买便宜器材，我们讨论书，讨论男人，讨论新看的电影。Marcia 喜欢跳舞，到了这个年纪腰肢依然柔软灵活，周周去河边跳探戈，有时候约了我在河边谈功课，她跟我匆匆聊两句，舞伴来了，她"唰"地就出去跳舞了。

她又有超级好的着装品位，7 个小时的"批斗会"专业课上，我有时也会走神，看她的指甲油，或者看她的披肩、手镯、耳环，一一记下来，想找类似款。做片子也好，做女人也好，我发现自己在模仿她。

慢慢地，我被 Marcia 洗脑了，觉得她说得对啊，特写就要足够近，远景就要足够远，故事就应该像《达洛维夫人》一样一层一层往下说，任何事，不管多疯狂、多无聊，只要开始，都应该做彻底。

然而，我到底还是有没做彻底的地方。2005 年的时候，我去采访一对留学生，他们因为没有钱，每周的娱乐活动，是手拉手去逛街，看到好看的商场就进去上个洗手间。

放片子的时候我得意极了，觉得自己的细节鲜活生动，秒杀同学的贫民窟陈词滥调。这时候 Marcia 问我："他们去洗手间的镜头呢？"

"WHAT？？"我呆呆地看着她。

"他们去洗手间的镜头呢？"Marcia 一字一句地问，"你应该跟着老婆进洗手间的。"

"Mar…Marcia，我不觉得我能跟着人家进洗手间，商场要有拍摄许可……我……我也做不出来这件事。"我结结巴巴地说了一段话。

Marcia 看着我说："Amy，你怎么了？补拍一下洗手间，我认识的 Amy 做得到。"

听起来也许很荒谬，但这个时刻，我印象很深。她认识的 Amy 是为了拍片子敢跟着别人去洗手间的吗？我竟为了这个觉得自己受到了 Marcia 莫大的肯定，感动得想哭。

快毕业的时候，Marcia 说我们过了超级辛苦的一年半，想要送我们一件毕业礼物：请乔治·克鲁尼来给我们做一场讲座。整个新闻学院都沸腾了，当天，所有专业的本科生、研究生，把礼堂挤得满满当当，每个女生都穿得非常拼——那绝对是我人生中见到乳沟数量最多、最集中的一天，并且，活动是在冬天。

最后上台采访克鲁尼的，居然是 Marcia 本人，她穿了一件超级夸张的低胸露背晚礼服，"blingbling"的亮片在舞台上闪着光，采访克鲁尼的时候，我看到她撩了一下头发。

这非常 Marcia。我忍不住在台下大笑起来，各种掌声、欢呼声、起哄声中，我听到自己对着台上大喊："Marcia，我爱你！"

就这样毕了业，就这样又过了 10 多年。我和 Marcia 通过 Gmail 断断续续地保持着联系。她依然和 Peter 在一起，两人依然没有结婚，分别和自己的前夫、前妻住在同一栋楼里，但是他们的签字成了 Domestic Partner（非婚姻同居伴侣），与财产无关，这样只是为了在性命攸关的时候，对方可以为自己签字。

快到圣诞了，有天我在自己店里，看着陈列师做圣诞布置。冬天的晚上，小鹿、星星，都亮晶晶地躺在商场的地板上，等着被放在圣诞树上。我忽然想到，我认识一个最会布置圣诞树的女人呢，10 年来，我一直都很想成为她。

就这样，有点想她。

不贤惠的妇女　　／

　　去年靠近年末的时候，有猎头公司打电话来做婷婷的背景调查，问了些惯常的问题之后，对方问："如果有机会，你还愿不愿意给金小姐这个职位，跟她一起工作？"我答："当然！"还想再说些什么，对方飞速地说："好，谢谢，再见。"说完就把电话挂了。

　　说起来，我认识金小姐快 10 年了。那时，她主编的杂志正处在黄金时期，跟我工作的出版公司常有各种合作，我对厉害的女人又喜欢七搭八搭，就这样，我们成了偶尔会出来喝杯咖啡的朋友。

初识婷婷，见到的都是她光彩夺目的时候：品牌的什么活动，杂志多少周年庆，她总穿个艳丽的丝绸衬衫，化着一丝不苟的妆，戴着巨大的几何耳环出现，广告客户、女明星、合作伙伴们纷纷地来，她挂着微笑，由身边人提醒着对方的名字，跟对方落落大方地嘘寒问暖，对客户说哪个专栏有多少人读，多送了人家什么内容，同时小心地隔开女明星和她的前夫——只差一个 air kiss（飞吻），就活脱儿是一个《穿普拉达的女王》(*The Devil Wears Prada*) 里的梅丽尔·斯特里普。

约她喝咖啡，她十之八九要迟到，见了面又只跟你谈工作。我有时试图把话题岔开去，说说情感啊八卦啊，她会戴上眼镜歪着头很有兴趣地听，接着说一句："这个赞！我们可以用在下期的选题里！"话题拯救宣告无效。

这是个适合当同事，不适合当闺密的朋友，我默默地给她归了个类。

转眼就到了 2011 年，我去了一家美国婚礼资讯网站工作。团队还缺一个中国区的主编，我把手机的通讯录来来回回翻了好几遍，打了婷婷的电话，约她喝咖啡。

咖啡馆在婷婷的办公室旁边，她戴着眼镜，头发乱蓬蓬地出现在我面前。我不知为什么，放弃了大段准备好的台词，寒暄过后直截了当地问："想跳槽吗？跟我一起去新网站吧。"她略吃惊地迟疑了一下，说："好啊，你让我好好想想，我很快答复你。"

她很快答复了我，并且以面霸的架势在电话面试当中征服了美国总部的所有同事。我老板面试完她之后，意味深长地说我很有 vision（想象力、视角），不怕被下属 overshine（超过），从此以后我明白了有 vision 就和有格局一样，是句骂人的话。

一个月后，我们成了同事——几年后，当我和婷婷变成非常好的朋友之后，我问起婷婷为什么当时这么快决定要跳槽，她用她惯常的就事论事的语调说："因为我觉得纸媒都快不行了，我想学到新的东西。"

所以这是一次跟我个人魅力无关的成功挖角吗……我觉得有点遗憾。那时我还是她的老板，如果她说一句"也因为有你在"这样的话，我会更高兴吧，但又觉得能做出那样的回答，就不是婷婷了。

婷婷的工作地点在北京。她刚去的时候，我们给她租了个酒店方便她安顿下来。第一天半夜，在上海的我收到她的短信，她先是一本正经地说："Amy 你到北京以后，最好跟我住 间房，我有很多事要跟你过一下……"最后补了一句："还有，其实我一个人住酒店会害怕（害羞脸）。"大半夜，我生生地被笑醒了，这些白天在假装大人的小姑娘啊！

婷婷最后选择住在了公司的公寓里，公寓离我们三里屯的办公室不远，公寓楼下就是健身房、游泳池，有阿姨来帮我们打扫卫生，有司机张师傅来帮忙修修补补。我每周出差到北京，就和婷婷住在一起。那时候我们都是单身，公寓里充满了女生宿舍的气息。

婷婷功课比我好，干活儿比我利索，除此以外，我们俩非常相像，都不是那种很贤惠的妇女：我们没有任何生活能力，能够听凭公寓的灯泡坏了 13 盏，照样坚持在半黑的房间里摸黑化妆上班，冰箱里除了啤酒和薯片，每一格都空空荡荡；我们也都是路盲，把我们扔在地球的任何一个点上，我们都能成功地选错方向。

有一天出差，我先睡了，婷婷去开编辑会，过了 20 分钟就回来了。我说："这会怎么 20 分钟就开完了？"她答："这会只开了 5 分钟，剩下的 15 分钟，我在电梯里迷路了。"

有一回我们因为不会用新门卡，在半夜把自己锁在了门外，在大雪中找了最近的酒店住下，靠着包里的一支眉笔、一罐凡士林和 Wi-Fi hub（无线集成器）的最后一格电完成了电话会。婷婷看着我戴着浴帽向日葵一样的造型，大笑，然后打开手机让我看她最新收集的男星人鱼线照片。

我俩进不能琴棋书画，退不会跳舞搓麻，没有任何运动细胞。我对婷婷说："好歹你能唱歌，还可以表演一下节目。"她担忧地说："不知道行不行，因为我也就是跟你比起来，才算是能唱歌。"

婷婷唯一跟我不一样的爱好，是喜欢看球。我们跟申花做活动，她小心翼翼地找出小时候通过邻居丈母娘获得的申花球星签名；大晚上，她常不睡觉，敲门叫我起床陪她看德甲；她有一条神秘的梦想旅游路线，是去荷兰，多特蒙德和盖尔森基兴的足球追星之旅；她还有一个小号专门关注足球新闻，格策在拜仁的第一场比赛进了两个球，她气得把小号上所有转发这条新闻的人都取消关注了。

她还催我生孩子，这样她就能买多特蒙德的宝宝套装送给我，里面有会唱他们队歌的黄色洗澡小鸭子。她过生日的时候，还专门打电话给我，说她的生日愿望是埃里克森被多特蒙德买走，现在还差三百万欧元——我想了一下，问她是希望我也捐款吗，她没有回答……

白天，我们一起去上班，忙乱地洗澡化妆，边回邮件边打车，眼影、口红常常涂得乱七八糟；还因为两个人都穿那种超级不性感的无钢圈内衣，屡次差点穿错衣服。每天会不会迟到，总取决于我们能不能挤上快关门的那班电梯。

连滚带爬地进办公室，有一百样事情同时朝我们砸过来，有干不完的活儿和开不完的会。这时婷婷就会变身成那个严厉难搞的女主编，经过她的座位，十之八九会听到她在对人家说，这个工作完成得不行。

中午，我喊婷婷一起去吃饭，她总是在一堆图当中抬起头来说："你等等我，我就快结束了。"从她说这几句话到实际能走，其间总间隔着一个小时的时间。我们两个路盲谁也不敢嫌弃谁，在各种地方迷着路觅食，一个三里屯，被我们365天用脚步丈量出了365条路线。

午饭对我们很重要，因为几乎每天晚上我们都会加班到天黑，疲惫得连饭都吃不动，一句话都不想说，两人默默地，一声不吭地在雾蒙蒙的北京街头走。婷婷穿着小粗跟的高跟鞋，拎着个手提电脑噔噔地走在我前面；我穿着细高跟，小心地看着路面，跟在她后面。

大部分情况下，回到了公寓，我俩依然一句话也说不动。这时我会去洗两个杯子，给我们一人倒上一杯威士忌。我们悄无声息地喝酒，各自去洗澡，然后敷上面膜，带着笔记本电脑，到客厅边干活儿边聊天。

婷婷捐出爸妈在国际饭店排队给她买来的蝴蝶酥、黄油饼干给我吃，我边吃边听她像小女孩儿一样，开始每天的吐槽：北京天气太干，敷个面膜几分钟就干了；公司楼下实在没什么可吃的，红油抄手要排队等很久；IT为什么开发个功能这么慢，local sales（本地销售）为什么整理个素材两周都搞不定，编辑们为什么请假的理由都这么奇怪（猫吐血了，狗来例假了，男人劈腿了）……

　　婷婷是一个对工作要求很高的人，对自己对别人要求都高。这样的高要求来自她从小就是第一名。生活在一个爸爸是校长，妈妈是老师的家庭，婷婷直到高中，每次考试的总分，都比年级第二名要高 40 多分。

　　虽然已经工作了这么多年，这 40 分的差距，好像永远就存在于婷婷的生活之中，有第一名却不去争取，这是婷婷不能理解的事情。

　　她试过为拍片几乎拆了整个酒店房间，试过一个人连续几个月天天上班，没有一天休息，试过在出差加班的间隙，一个人为我们的网站写了 10 万字的书。在婷婷的职业经历里，似乎没有什么完不成的 KPI。

　　有时候开会，同事们想要控制下老板的预期，说这个任务完成起来有这样那样的难度；到了婷婷这里，她总是说："这个没问题，给我一个时间表，我会完成的。"

　　这样一板一眼，有时甚至有些不近情理的婷婷很受老板们的欢迎，但是在公司同事之中生存，就会有点辛苦。两个人一起敷面膜的时候，我常带着大家的投诉去婷婷那里和稀泥。

有一次话说重了，眼看着她敷了个面膜，都要被我说哭了。过会儿她起身去卸面膜，在洗手间里待了很久，走出来对我说："很多人，有事实的时候讲事实，有道理的时候讲道理，没事实没道理的时候就拍桌子，你有的时候要帮我看看，究竟是哪些人在拍桌子。"

她到底还是没哭。同事4年，大部分时间还住在一起，婷婷没有在我面前掉过眼泪。有一回她去相亲，对方当场对她说："我们没法在一起，你给我的感觉太像我的女老板了。""女老板怎么了？"婷婷敷着面膜生气地问我。

我叹口气，掰过她的肩膀对她说："金婷婷，你要是花工作的三分之一的机灵劲去找男人，早就不知能结几次婚了。"她别过脸去，在面膜底下瓮声瓮气地答："那我要嫁个牙医，因为听说现在做个烤瓷牙要3万块钱。"

2015年，我俩先后离开了原来的公司，我们的女生宿舍时代随之结束了。我和金小姐各忙各的，偶尔一起喝杯酒，觉得在北京的这些年就跟做梦一样。

几个月前，我们开始做这个公众号，公众号的编辑小欠是金小姐原来的下属，我俩合计了半天，决定请金小姐来写职场文章。写了两周之后，已到杭州工作的金小姐微信约我见面，原话是：我小年夜回来，我们还能约上吗？叫上小欠一起，关于怎么把这个号的数据做得更好，我有点个人的小建议。

看到这条微信，我和小欠都忍不住大笑起来，这非常像婷婷的风格，给她任何一个赛道，她总想跑得更快，跑到第一。

小年夜，婷婷真的拎着箱子来跟我们见面了，爽利地布置各种任务，公众号还缺哪些内容，推广还有哪些没有做到，编辑还有哪些事要拾遗补缺，最后，婷婷叹着气说："好了，我现在在一家化妆也作为 KPI 考核的公司上班，我要去补眉毛了。"

她拎着箱子走下楼梯，我看着她踩着我熟悉的小中跟鞋子，像在三里屯的时候一样，噔噔地走在我前面，慢慢消失在人群之中。

一直忘记说，她其实是一个很漂亮的姑娘。

爱买房的丈母娘　　/

　　如果有个女儿，我肯定能成为一个传说中的上海丈母娘，驱动房价的那种——证据之一是每次在美国玩，我总是随时开着Zillow（一家提供免费房地产估价服务的网站），实时查看周围房价：纽约的秋天好美！上西区的房价又涨了吗？1号公路风景奇绝！周围的学区怎么样，房产交易活跃吗？夏威夷碧波万顷！好的，好的，你们先上游艇拍照，我看看那栋房子的房型……

不仅如此，走到喜欢的地方，我总能直接看到自己住在里面的样子：

在科莫湖，我看见自己寂寞地住在湖边的小房子里，每周有个子不高晒得黑黑的话痨意大利人来吵吵嚷嚷地给我送水果，修门、修灯泡，夏天的时候，又嫉妒又羡慕地看着乔治·克鲁尼和他也许已经又怀孕的老婆坐着游艇从窗口的湖面飞驰而过；

俄罗斯边境，看着油画一样的小木屋，想断网断电视，把老公关在里面写稿子，吵架了，就哭着骑马到边上牧场的杉树边跟他决裂，咬牙说你走吧，我自己能学会砍柴生壁炉（如果大家好奇，我并不会骑马）；

在加勒比海边，喝高了的我絮絮叨叨地盘算着拉上闺密一起干点什么大坏事，然后逃到此处的某个小岛上买个房子，两个人就着咖啡吃玉米面饼子，天天在屋里织着永远都穿不上的绒线衫，蓝色的电风扇在头上慢慢吹；

南法小小的古镇，我想象自己就是坐在二楼的那个老太太，从早到晚坐在阳台上，不管看得清看不清，叼着香烟眯缝着眼睛看路人，吃完晚饭，就挂着拐杖颤颤悠悠走在弹格路上，过马路的时候，世界为我静止，一辆车都不敢按喇叭催我，只有乌鸦、鸽子在我面前飞来飞去。

简而言之，我幻想的自己，即便是去私奔，也必须能有一套私奔目的地的房子，再破再小也没关系，但没有房产证的日子我不行。

说起来，我这热爱看房子的毛病，是因为留学落下的。二十几岁的时候不懂事，人们说知识改变命运我就听进去了，也没仔细问问知识到底是能把命运往好里变呢还是往坏里变，就决定把当主持人辛辛苦苦攒的几十万，全都拿去读书。当时我还在电视台工作，有一个人脉多路子广的同事，正在张罗去徐泾团购别墅，整套房子的价格，刚好就是我全部存款的数字。

要买房子还是要读书？我的亲友们分为两派意见。一派，以学经济的专家学者为主，他们唱衰楼市，觉得房价已经过热，还是选读书，那是永不落空的投资（现在好想回去拿十几年的房价甩他们一脸）；另一派，以亲戚朋友的妈妈阿姨为主，她们常会组团到市郊去看房，像买白菜一样地买好房子，再出门接着跟路边卖草鸡蛋的小贩耐心地讨价还价。这些阿姨妈妈坚决主张我该买房子不要去读书……

后来的故事大家也都知道了，买房这种大事，还是相信买菜老阿姨的好——总之从此以后，我看见任何一套房子，都觉得像是我当年没能挣上的钱。

因为被知识改变了命运走了点弯路，我到 30 多岁才有了完全属于自己的第一套房。买房的决定非常突然——我有个好朋友，叫 Stella，她最大的爱好就是在工作之余买卖房子，并且战绩斐然，回望她的买卖纪录，她买入的价格永远是小区最低价，卖出的价格总是那一地段的价格最高点。

有一天 Stella 带我去看她新买的房子：优质地段的 200 平方米大平层，窗外开满鲜花，洗手间有我想要的大面梳妆镜、巨大按摩浴缸，化妆品层层叠叠地放在浴缸旁的架子上，可以边泡澡边追美剧。

"快去看房子，" Stella 说，"现在是买入的好时候。"我周末回家吃饭的时候无意跟爸爸聊起了这个话题，我那一生从事情报工作的爹吃完午饭出去转了一圈，回来对我说，某某路，正好在内环，有套不错的房子，你可以去看看。

我央求 Stella 跟我一起去看了房子。那是一个四面不临街的安静小区，总共住户只有八十几家，我看的那套房子在小区的一楼，虽然房子本身只有两室，但是送的面积很大，有阳光房，有地下室，有个小花园，有足够的空间给我放衣服和鞋子，房东还在卧室里装了一个桑拿房。

就是它了！ Stella 开始帮我跟中介讨价还价，我算着自己的存款差额，打电话去跟爸妈借剩下的首付钱：跟我人生中的每一次脑洞大开的双鱼时刻一样，这边交易价格还没说定，我已经想好了要把门边的整排柜子全部改成鞋柜，房间要刷成什么颜色，我每天要从哪条路开车上班比较不会堵。

有个朋友的朋友，偏巧也住在这个小区，听说我要买这套房子，犹犹豫豫地开口，劝我再好好考虑一下。我紧张得话都说不利索，结巴着问她："这房子怎……怎……怎么了？"她看了我半天，神秘地对我说："这是套凶宅，房东住进来没多久就病死了。"

我悬在嗓子眼的心一下就放下了，高兴地说："好，不是房子结构有问题，没有造歪，没有漏水，那就是这套房子了。"

话说多年以后，迷恋、热衷凶宅主题的悬疑作家那多老师专门去打听了一下房东是怎么过世的，对方说，房东过世的时候都快90岁了。

就这样，毫无预兆地，我成了一个30多岁、独居、养了一条狗的女人。搬家的时候，Stella当时的先生跟着她来送礼，上上下下打量完我的家以后说："这房子真不错，但是像你这样的女孩子，有了一套房子，有了一个宠物之后，会很不想结婚。"

他一点都没有说错。

早上，我在闹钟声中醒来，狗狗过来舔我的手，蹭我的鼻子，阿姨准点来遛狗，拉开窗帘，一屋子阳光。我慢吞吞地洗漱，打扮完塞两口阿姨带来的生煎馒头去上班（工作倒是更努力了，因为开始还贷后，觉得有个巨大的把柄被抓在了老板的手上）。

下班回家，想做什么就做什么，躲在地下室看片子听音乐，带着穆时英的小说进干蒸房蒸桑拿，出来了给自己刷一身体膜，一边在屋里转来转去等着体膜敷完，一边跟女朋友们煲电话粥八卦，给人家提供各种不靠谱的情感意见……

周末睡到自然醒，爬起来烧茶、炖汤、吃点心，去花市买花、买鱼虫，在院子里侍弄几棵老也养不好的花花草草，顺手丢给水池边对着金鱼虎视眈眈的小野猫一根香肠吃，再把新买的衣服鞋子包包全部在沙发上摊开，一样一样地玩过来，不用担心妈妈数落我怎么又买了这么多一样的衣服……

一个女人在完全属于她自己的房子里，可以做如此之多的事，我体会着房子给我带来的温暖、安全、自在，常会在晚上偷偷看一眼我的房产证——谁又能想到，通过一个小破本子，我能发现这么多新的自由。

我开始变成一个彻头彻尾的女性买房鼓吹者，女朋友失恋、离婚，我会带她们去做指甲、吹头发、买衣服，接着斩钉截铁地说："我们看房子去——信不信由你，好几个女人就是这样买了房，美而英勇地舔干净了伤口，还赶上了最后几波房价的上涨。"

那时我已经跟那多开始约会。时间越久，我越迷恋属于自己的空间，他慢慢觉得大事不妙，某个周末，在我的阳光房里，他偷偷摸摸地跟 Stella 商量，想买一套更好的房子。"普通的三室两厅完全无法逆转她现在的局面了，我要买一套可以战胜她的房子！"我听到他斩钉截铁地对 Stella 说，Stella 喝了口花茶，茫然地看着他。

那多几经辗转，找到了一个市中心的老厂房。这里原来是个街道的黑板工厂，一栋狭长的建筑，颤巍巍地存在于工人新村的小巷深处。我们很当心地开车进入堆满杂物的巷子里，看着面前这个黑黢黢的奇怪房子，天在下雨，我几乎都能听到雨水漏进房里的声音。"要不就它了？"那多试探地问我。

厂房的价钱在今天看来，简直便宜得不可思议，那多最终买下了它，花了一年半的时间把里里外外重新修缮了一遍，把老厂房变成了一个能住人的地方。装修完的房子其实还挺好看，有天井，又有个小小的院子，春天，可以坐在躺椅上喝茶、看书，长方的房型是狗狗们的天然游乐场，两边门一开，兔兔和漂亮先生可以嗖地从门的这边赛跑到门的那边，再嗖嗖地跑回来，一会儿功夫就玩得气喘吁吁；夏天，院子里的枣树掉下枣子来，我们收好洗干净，吃不完的还可以分给邻居。到了秋天的时候，我们结婚了。

我把自己的房子出租，住进了新家。习惯了独居以后，到了 34 岁的年纪再跟一个什么人同住，真的是一场噩梦。搬家之前，那多郑重地让我坐下，给我发了个免责声明说："我发现你格外喜欢保持家具表面的整洁，这点我肯定做不到，我们以后不要为了这样的事吵架好吗？"

不好，无法做到不为这样的事吵架。我妈妈是个不擅家务的人，最喜欢乱堆东西，我从小跟她生活不堪其苦，暗暗发誓我自己的家具上能放的只有花和摆设，可是我的新家，书桌、床头柜、茶几……每件家具上都堆满了那多的各种杂物——我们有一张 3 米长的餐桌，没事的时候，我们都喜欢坐在边上写东西、看书。

不到一个月，餐桌上慢慢放上了那多的茶具、书、药、零食、水壶、插头，又过了一个月，3 米长的餐桌只剩下 1 米多能够用来吃饭。为了让台面上的东西看着少一些，他买了条长边凳来收拾杂物，边凳放满了，他又买了张三角桌来放新的杂物，三角桌很快也放满了，这张吃饭桌子能用的空间，却依然只有 1 米多。

为了这张桌子，我们不知吵了多少架，有时候这桌子是争执的起点，从桌子说起，吵到我们的生活方式、对人生的态度、职业的选择；有时候，这桌子是问题的终点，两个独居很久，各自创业，步入中年才开始学习与他人同居的人绝望地意识到，自己和对方，无论在哪一方面，都很难做出根本性的改变，我们一连几天一言不发地坐在长桌的两边，各做各的事。

他在看网络小说或者电视剧；我在微信上跟女朋友吐槽各自的老公，幻想着把租出去的房子收回来，在花园里铺上防腐木，买个烤肉架子，天气好的时候可以请大家来烤东西吃。或者去外地买块地，门前有河可钓鱼，闲来种菜，按《植物大战僵尸》的规格，两排菜后面一排向日葵。

如意不如意地，日子终于也就这样过下来了，老房子住的时间长了，各种各样的问题都冒了出来。漂亮有时候叼出来一只瑟瑟发抖的小老鼠，有时我吹着头发，忽地，整个卧室的电都断了，更多的时候，是房子会漏水。

每次漏水的时候，我们都像煞有介事地商量等雨季过了，要如何大修一遍房子，等雨季真的过了，想到搬家，修房子，再搬家的种种麻烦，我们又拍拍手各自干别的事去了，又吵架，和好，再吵架，有时候赌咒发誓，说下一个雨季我们绝不要再住在一起了。

雨季又来了。好死不死，这回整幢房子只有一个地方在漏水——床头。我已经吃了安眠药睡下了，迷迷糊糊被水淋醒，看见那多又是找脸盆又是叠毛巾地在忙，嘴里还以快板的节奏轻轻地哼，"当里个当"，凑近仔细听，他在唱："大风大雨不用慌，有我为你打伞忙……"

我安心地换了一头睡下了，雨淅淅沥沥地掉在面盆里，恍惚间，我想起来我好像很熟悉这样的声音。

小时候住在外婆家的新里房子，雨天，我睡在二楼的小床上，把棉被裹得紧紧的，外婆在楼下灶披间里用小镬子给我煮牛奶，隔着一层楼，我似乎都能闻到小奶锅上面那层慢慢结起来的奶皮，雨淅淅沥沥地打在窗沿上，我舒服地在棉被里打着哈欠，觉得温暖而安全，又转过去看睡在大床上的外公，看他呼吸均匀，放心地想，外公外婆都还能活很久，这房子，能够永远地存在下去。

30 年后，／
我去见那个给我童话的人

30 年后，我又重新走上这条路，去见潘老师。

当年上学路上，那些柜台高度正好到我肩膀的小店已不复存在，树却是一样的树，阳光透过梧桐树的枝叶照下来，断断续续地映在我的身上，好像调皮的人在我身边忽隐忽现地吹着口哨。

30 年后，我又重新走上这条路，去见潘老师。

30 年，听起来这么长，然而它今天透过树影和阳光，变成我眼前的这条短短的路。扎着粉红蝴蝶结、忘戴红领巾的我，一路上惦记着用 8 分钱买 4 粒话梅糖的我，她们好像都与我一起走在这条路上，只是我的手臂不够长，走得再快也抓不住咯咯笑着的她们。

我转头，只看到路上有自己的长长的身影。

走过老虎灶，走过卖煎饼、油条的摊头，穿过有话梅糖和白糖杨梅卖的烟纸店，就到了路口的小巷子。巷子的空气里掺杂着各种食物的香味和丁零当啷的声音，零星有同学坐在爸爸妈妈的脚踏车后座上，经过我的身边，丢下一声："雌老虎！我比你快！"我气急大叫，追在他们的脚踏车后面跑，上气不接下气地赶到巷子尽头。那里，是我的小学，学校的门口，站着笑盈盈的潘老师。

潘老师个子高高的，身板笔挺，听说退伍前是一名专业舞蹈演员。她面孔清瘦，目光温和有神，讲话带一点上海口音。我们这个班是她带的一个实验班，全名叫作"注音识字提前读写实验班"——与现在要认多少个字，会多少门才艺方可入学的情形不同，30 年前的孩子确实是以纯天然文盲状态进小学读书认字的，而这个实验班的初衷，是想在传统刻板的语文教材之外，找到一个让孩子们可以快速展开大量阅读、学习写作的新方法。

能进这个班，每个孩子都很自豪，大家都觉得自己是经过层层选拔才来的。我记得自己不止一次地在操场上对其他班的小孩儿吹嘘说："你知道吗，我们是实验班，他们是挑我们在做国家的实验！"

我们的自豪感是如此之强，一切有名目的相干不相干的比赛，我们都要做得比别人好：合唱比赛、集体舞比赛、广播体操、黑板报、文艺汇演、朗诵、写作……我记得有一次我们在学校的眼保健操比赛中得了第二名，全班伤心得抱头痛哭。

30年之后，我们无意向潘老师问起，当年到底要经过哪些考试才能进入这个实验班，潘老师答："没有筛选啊，就是随机抽了一个班级，你们当时的基本能力测试还比其他班差些……"人到中年才发现自己不是"被选中的人"，大家觉得这个事实有些难以"下咽"，有人还信誓旦旦地说明明记得自己是考过试的（话说，我其实是一年级下学期从另一个实验班转来的，那个实验班真的、真的是考过试的……吧）。

潘老师的注音识字班有一套自己的复杂教学方法，如果简单概括的话：就是先让每个孩子熟练掌握拼音音节和字典的用法，然后让孩子们大量阅读。这个方法很有效，到了一年级下学期，我们每一个人都能自如地阅读报纸和书籍了。

　　我成长于一个非常严厉的家庭。妈妈因为自己人生经历坎坷，很害怕我对人生的复杂没有思想准备，直到上小学前，我的床头都是《三国演义》之类的话本故事。妈妈不给我讲童话，她说："你要记住，在你最困难的时候，没有王子会骑着白马来救你。"

　　可是，上小学之后，潘老师对我说我可以读童话。我小心翼翼地问潘老师："我想看安徒生，可以吗？"潘老师有点惊讶地答："当然可以，你想看几本都可以啊。"

　　7 岁。这是我人生中第一次读童话。童话原来是这个样子的：断腿的小锡兵直到被烈火吞噬，仍然一动不动地守卫着他爱的舞蹈家；小美人鱼经历了这么多的痛苦去追求"像人类一样的灵魂"，她成功了吗？小意达凋谢的花原来是在等着到夏天再次盛开，原来死亡并不是可怕的终点，而只是下一次生命绽放的开头……

　　出于一个 7 岁孩童的敏感和狡黠，我从没有在家里拿出这些书来读，我的童年阅读，就这样在《三国演义》《狂人日记》和《海的女儿》《拇指姑娘》之间偷偷切换。

　　我喜欢复杂而多变，看上去古里古怪的大人的故事，可我也喜欢公主和恶龙，鲜花会说话……这段特别的阅读经历给我的性格带来了不可磨灭的影响：成长的路上，我总是做好最坏的思想准备，知道事情有可能会变坏，会变得更坏，人们也许会为了各自的利益对我有种种为难，然而同时，我知道会有善意在起起伏伏之中等我，在冷而灰霾的冬天里，也会有一个初春的窗外，有蓓蕾随时准备开放……

2015 年圣诞节，我在某个商场布置了第一个品牌柜台，主题就是"小意达的花"，我没有对同事解释为什么选了这个故事，就跟 30 多年前一样，是我和潘老师的一个秘密。

在大量阅读之外，我们写作和游戏。潘老师会在课间带着我们捉迷藏、踢毽子，还常常跳舞给我们看。我是个笨拙的人，跳橡皮筋时负责站在一边绷着皮筋，跳绳时负责甩长绳，在各种游戏中都不能取胜，然而潘老师说我写作文写得好。

基于"被选中的人"的经验，我现在很有理由相信这只是老师对孩子的一种鼓励，可是"作文好"对当时的我来说，真是一个让我爱去上学，热爱作文课的理由。潘老师每周会把孩子们的好作文挑选出来，请人用蜡纸刻好，用手摇油印机印出来。刻蜡纸的老师是一位快退休的老老师，也姓潘，每到了周五周六，就戴着袖套开始刻我们的作文集。

我就常常借故在老潘老师的周围转来转去，透过他深蓝色袖套的动作，偷看他有没有在刻我的作文，如果他说："小才女又来啦，这周有你的作文哦！"我就放心地离开，等着在下周二的油印册子里，看到有自己名字的那一页。

如今，在读了这么多书，跟这么多作者成为朋友之后，我依然不怕写作。对我来说，用写作表达，是我童年就会做的事，它是我成长和生活的一部分，它是神圣的，要敬畏的，但它同时，也是我在高兴的时候、难过的时候想去找的一个朋友，我知道他会拍拍我的肩膀，对我说：你看，就是这样，没事了。

我和潘老师的分别有点意外。五年级上学期的时候，学校有一个去考名校的名额，按成绩，那个名额似乎很可能属于我，但是最后我没有得到。我妈妈很生气，想给我转学。经历过很多的不公平，她似乎格外不能接受这些事情又重演在自己女儿身上，她很信任潘老师，深夜突然决定带我上潘老师家里去商量转学的事。

潘老师已经睡了，潘老师的丈夫郭老师给我们开了门。屋子很小，潘老师在被子中坐起身来，张罗着要郭老师给我们倒水。我呆呆地看着潘老师，努力地消化着一个非学校场景里的她：她没有笔直地站着，也没有笑盈盈地带着我跳舞或者做游戏，跟往常不一样，她的头发乱蓬蓬的，还有几丝白了，她转开床头柜上的台灯，焦急地想劝服我妈妈不要让我在关键的升学考试时刻转学。

我难过地坐在那里看着潘老师，觉得因为我的过错，给她带来了一场巨大的尴尬，离开潘老师家的时候，我看着路灯下自己的身影在移动，忽然意识到，我没有对潘老师说再见。

我终于还是转学走了，在离毕业还有 58 天的时候。妈妈托了各种关系，把我转到了一个她觉得足够好的小学里。我没有来得及跟老师同学告别——我也不想告别，小小的爱面子的我，觉得自己的世界里发生了一件天大的事，不知怎么去反应，只想自己躲起来。

58 天很快就过去了，考试、升学，我正常地长大，从此就跟潘老师和其他同学失去了联系。

大学快毕业的时候，我和一个小学同学意外重逢了，那个男孩子跟我一起走过了童年时上学的一条条马路，最后停下来看着我。他高高的，有点害羞地低下头，问我说："我们可不可以一起去看看潘老师？"

年轻人的世界多变而脆弱，划一根火柴，好像都比别的火柴要亮一些，没多大的事情，也好像桩桩件件都比天还要大。出于这样那样的原因，又其实，只是因为太年轻，我们最终也没有能够一起去看潘老师。

一晃又是十几年。

向阳小学 89 届四班的 36 个人，因为微信而重聚了。几句话之后，我们又变回小时候一起背着书包上学，抢着去买花仙子贴纸的样子，好像离开的人从未离开，时间也从未在我们的人生中陷落。各种各样的情绪之中，我忽然说："我们去见潘老师。"

好的，我们去见潘老师。大家七嘴八舌地响应。热情地回忆四班在我们的人生里是一个怎样特别的存在，潘老师怎样改变了我们的人生。过去这么多年以后，我们终于通过消息灵通的同学了解了潘老师的经历：原来她 19 岁师范毕业，做了两年小学老师之后应征入伍成为文艺兵，退伍后就一直在向阳小学教语文，退休的时候是一位国内闻名的语文教育专家……

好的，我们去看潘老师！国外的人买了机票回来，国内的人忙着订饭店、算人数、安排好老公孩子，来赴这一个迟到多年的约。

潘老师来了。她一丝一毫都没有变。她的身板依然笔直，头发依然纹丝不乱，依然笑盈盈地看着我们。她坐下，一个一个地，清楚地叫出我们的名字，她最后一个点到我的名字，说："赵若虹，我们好久没见啦！"

是的，潘老师，我们好久没见了，30年了。我想告诉你这30年来我的经历，我想告诉你那本"安徒生童话"的故事，我想告诉你那个小意达的柜台，我想告诉你"一起去看潘老师"对我来说是一句多么可爱的表白，我想告诉你你对我的人生有多么大的影响，然而，我不知该从何说起。

　　聚餐快结束的时候，我老公来接我回家，我向他介绍每个人，最后对他说："这位，就是潘老师，我今天能认识菜单上的每个字，都是她教的。"在座的每个人听完都笑了，而我，假装用纸巾揉了下眼睛。

也有一种外婆，   /
非要好看到老

烟纸店开始的第一篇，我说，我要自己来写，我想写一写生命中第一个影响我的人——除了基因，她影响我的地方还有很多很多。

我曾经看过一个很喜欢的视频，视频里的上海老外婆貌美如花，喝酒泡吧，我想我老了就会是这样一个外婆，和我的外婆一样。

我有一个箱子，里面藏着外婆的大衣、旗袍、照片和一支小小的蝴蝶牌口红，而外婆的遗物里，也有一个小箱子，放着我小时候的发箍、头花、幼儿园发的大红花，还有每年孝敬她的红包。我们就这样一人一个箱子，保留着跟对方的记忆和缘分。

我认为跟外婆长大是一件很美好的事，她不怕死不怕穷不怕吃苦也不怕过好日子。

莫老师，我要嫁给你

1945 年，我外婆坐火车赶到上海来敲开外公家的门说："莫老师，我要嫁给你。"然后他们结婚并天天吵架直到外公死掉。他们分房睡觉，万事 AA，吵架时惊天动地，每次必提外婆如何在"文革"中冒死把外公救下来，以及外公如何被百乐门的舞女骗走了一个本来属于外婆的戒指。

一直到九十几岁，外婆听到谁说"百乐门"三个字，还会跟谁翻脸。

外公临终时已经完全不会说话，身后遗物里，有笔钱包在纸里，写明留给外婆买个戒指。

外公葬礼那天，外婆一滴眼泪都没流，轮椅推到外公墓前，她中了风的脸歪斜着，看了墓碑半天说："蛮好的，以后我的照片就放在旁边，挑张好看点的。"后来她给外公扫墓，想到了什么往事，又气得不想与外公同葬，四下一望，随意指着舅舅说："墓买了也别浪费，就他住吧。"

大声且真心地夸她 5 遍"太好看了！"

　　我外婆是一个最最要好看又觉得自己最最好看的老太太，这一点在我们家里是母系遗传的——我妈妈认为她比我美，而我外婆总是不厌其烦地举报这条不实信息。她的证据是："你比你妈好看，因为你更像我。"有一天吃晚饭，我妈很郑重地说："外婆的口红你什么时候帮她买？她天天在问。"我连忙把我的唇彩奉上。外婆到老的时候连路都走不利索了，但是你让她坐在轮椅上推她出门之前，必须先耐心地等她给自己化好妆，大声并且真心地夸她 5 遍"太好看了！"，我恨不得做一个"学习外婆，终身妖精"的匾给自己挂床头上。

　　老太太性格豪爽，花钱大手大脚，对身外之物看得很淡。我从她那儿学会了"脱底棺材"这个词——这是人们用来形容她的。我们替她偷偷藏了些钱养老。但一直不敢让她知道，因为她 80 岁以后就一直在盘算着把房子卖了去买首饰，并且跟我妈预支了钱。我妈开玩笑问她准备怎么还钱，我外婆很自然地说（此处的关键词是"自然"）："我死了有 6000 元的丧葬费，就先支了那钱吧。"有一天人们编"脱底棺材"这个词条，若需要照片，可以考虑用我外婆的。我在人生中情最差的时候，就想想外婆，然后觉得无所谓啦，人生是连丧葬费都可以预支的。

外婆生命中最后那几天，我常常走在中山医院外那条窄窄的医学院路上，热辣辣的阳光扎得手臂、颈脖生疼。小时候在这条路上大哭，拉着外婆的手不肯去幼儿园；那时却独自一人走过这里，进到医院，对着ICU外的监视器等着看外婆醒来——30年，这条路在我心里一直没怎么变过。

留在这儿陪我多好

2012年1月29日，我出差在国外，转机时收到妈妈发的短信：外婆已逝。我坐在闹哄哄的芝加哥机场，很久没缓过神来。

我小时候曾经那么害怕跟外婆离别，常在她睡着时趴在她身边守着看她有没有在呼吸，生怕她醒不过来。外婆大殓的那天，我的心里反而很释然，谁活了外婆这样的一生都会觉得值了。因为她的离去，死亡不再冰冷恐惧，而只是下次相聚的起点。

最后的最后，外婆还是跟外公葬在了一起，面对面。遵她遗嘱，包着她的是她结婚时的红被面——也不知道自恋的老太太在那边过得好吗，跟外公还吵不吵了。

一个远房表姐劝我说："人要在对的时候做对的事。"我努力试了，我想要成功且正确。但是很遗憾，那不在我的血液里。因为墓碑的那头，总有一个人教我爱情，总有一个人等着我舍命去生活。

虽然我知道你在天堂，但有时候还是忍不住想，留在这儿陪我多好。

老阿姨　／

那一年过年回家吃饭，老阿姨说："小妹妹，你什么时候结婚？吃了你的喜酒我就不做了。"我愣了下，一转眼，老阿姨竟已跟了我们二十几年了。二十几年来她一直管我们家两个女人叫小妹妹，一个是我，一个是我已经退休快当婆婆的小姨。

老阿姨是在我10岁的时候来我们家的。当时家里另有一个年轻些的阿姨照顾我们两个小孩儿，为了区别开来，我跟我表弟就老阿姨老阿姨地叫她，叫着叫着，二十几年就过去了。

我们两个小的跟她都不是很亲。我小的时候是个叫绳娣的阿姨带大的。她走的时候专门守在我小学的门口跟我告别，然后在我的哭喊声中含泪离开。我记不大清楚了，不过我表弟好像也有过类似这样的一个保姆。对我们这些常常看不到爸妈，扒在窗口看其他小孩儿玩的孩子来说，阿姨是每天去幼儿园拉着我们的手回家，带我们在晒台上挑绷绷养蚕宝宝的人，这是那个长相难看，儿子在坐牢的老阿姨，不可能替代的。

老阿姨来，是专门为了照顾"师母"——我生病的外婆。我外婆是那种连织毛衣做沙拉都一定要做第一名的女人。忽然中风，连喝汤都会从嘴角漏出来，当然免不了要给老阿姨气受。吃饭时不许上桌，吃剩的菜非要她吃掉，理疗后依然不能走路或者孩子们没空探望，我外婆就会反反复复地问老阿姨："你儿子呢？为啥你这么大把年纪了还要出来做工？"有时老阿姨忍不住哭起来，我外婆就会住嘴，看她半天，叹口气说："帮我换尿片。"

我小时候嘴甜，经常夸老阿姨饭菜做得好吃。有时候把她哄高兴了，她就会偷偷跟我讲她出门帮工是为了等孙子长大。孙子不会像她儿子那么不成器，将来孙子有出息了，她就不做了。我妈有时看她难过，就跟她说点别的阿姨的故事。有一次说起我舅舅小时候的阿姨连儿子都没有，告老还乡的时候认了我舅舅做干儿子，把一生的积蓄打成金镯子留给了他。老阿姨喜欢这个故事。她还看到过一次那个镯子。新里房子小小的天井里，那个粗糙厚重的金镯子在阳光里都已泛不出光泽了，老阿姨坐在小红木凳子上，眯着眼对着太阳看了那个镯子很久。

再后来，我外公也瘫了。老阿姨一个人照顾病床上的两个瘫子，洗衣、做饭、端屎、端尿，我们就任她当家了。老阿姨是很节省的人，不舍得开空调，不舍得看电视，不舍得买好菜，我那公子哥儿大小姐脾气的外公外婆当然骂声不绝。那时候你上我家襄阳路的那栋老房子里去看，二楼三楼和亭子间都空荡荡的，一楼的大客堂间里，三个老头老太睡在一间房里，相互骂骂咧咧。

10 年。

2003 年的时候我外公死了，离他一直想看到的我出国留学的那天，只差半年。我跟我外公很亲的，痛哭失声的时候，是老阿姨跟我小姨在一旁替我外公擦身。老阿姨边擦边说："老先生，你要走好，要走好。"然后一直哭，一直哭。

追悼会之后，老阿姨神秘地给了我妈一包东西，是我外公全部的存款。老阿姨很自豪地说："我不告诉你们，你们都不知道他还存着这些钱。我一分钱都没有动，都给你们，都给你们！"她戴足了一个月的孝。

不久后我们卖了那栋老新里房子。老阿姨跟我外婆搬进了一套公寓房。她已完全不把自己当外人。每次我们一家聚会或者我带外婆吃饭，她总会仔仔细细地替外婆穿上一件又一件衣服，走的时候还必然会客客气气对我说："谢谢你哦，小妹妹，你看你为我们破费了。"

钟点工请假，老阿姨住到我家来救急。炸大排、油焖笋、番茄炒蛋，我一下子就知道为什么十几年一吃上海菜我只点这几样了——可是哪儿做的，都没她烧的好吃。她还是不肯上桌吃饭，催我结婚生孩子，说："你外婆看到你这样多高兴，你爸妈可养着你了……"我们若不搭理她，她就会转头对我们家的狗说："他们该结婚了呀，三十几岁了还不结婚……"

终于我们确定了婚期，头一个就告诉了她。她边擦桌子边说："哎哟，总算结了，三十几岁了才结婚……"她对我减肥这件事也极度不满，每天端饭菜上来都要数落我半天。每每看着我摇头道："减什么肥啊，身体吃不消的啊，你是中年人了啊……"

过年时，老阿姨会依例跟我们郑重商量，说家里好多人想她，她要回去多住几天。我妈跟我姨妈都不大擅长家务，回回都如临大敌似的跟她谈判。可是最后不论说好的是多久，老阿姨必然会在初三之前回家。有一次我傻傻地问怎么你这么早就回来了。我妈掐了我一下，我就马上给老阿姨递个红包，不再说话。她已很久没有再提她孙子了。

有一次老阿姨回家，轮到我妈照顾我外婆。我妈是个很抠的人，做完那两天就自动对老阿姨说："我再给你请个钟点工吧，太苦了。"七十几岁的老阿姨想了很长时间，对我妈说："大妹妹，要不你给我加两百块钱，我能做得动的。我还要给重孙子攒钱呢。"

2014 年，老阿姨回去过年，从此不再回来做了。那天早上她 5 点就起来，把家里里外外收拾了一遍，做饭洗衣服刷碗，边忙边说："小妹妹啊，你钱要省着花啊，要生孩子啊，要好好过啊……"临走都背上行李了说："等等，我垃圾忘倒了。"再放下行李，回去倒了垃圾才走——她在我家一共做了二十几年，她走了，没人再叫我小妹妹了。

那一刻，我真的有点难过。

6 年过去了，　　／
每座城市都有自己的记忆

　　2005 年的 "9·11" 死难者纪念仪式，我站在家属留言板旁边等着完成老师交给我的作业——采访死难者家属。那些家属悲伤然而节制，我记得有一个小男孩儿走过来，踮起脚，刚刚够着留言板最下边的那个空白。"Mom, I want to say 'Dad, I love you', how do you spell Dad？"（"妈妈，我想写'我爱你爸爸'，'爸爸'这个词怎么写？"）他说。那个妈妈走过来，一笔一笔地帮他拼完了 "dad"，然后带着孩子离开。

2008 年汶川地震，有一个以抠门著称的作者给我打电话说："我跟你说实话，其实我现在全部存款是 20 多万，你觉得我匿名捐个 5 万行吗？别让别人说我拿这事炒作。"他真的匿名把钱捐出去了。同时匿名捐钱的还有几个当时鼎鼎大名的作者，最多的一个捐了 50 多万和一车救灾物资。

2010 年 11 月的胶州路，我和杨小姐打车去献花，下车的时候，司机少收了我们 19 块钱："帮我带束花，也是个心意。"杨小姐飞速跑到最近的一个花摊，买了一大捧菊花，对着"法兰红"里的司机喊："我买了买了，师傅，这束花是你的！"

好多好多好多好多人。

这么安静。

手捧鲜花的人们默默地往前走，不用人提醒秩序。马路干净得出奇。周围小区里的老人，三三两两地站在小区门边看着。"从早上 6 点起就这样，"两个老伯伯在议论，"人就没停过呀。"

这么安静。一个孩子大声说了句什么，父亲厉声说："侬轻点！"然后抱歉地看看周围。有人在轻轻讨论这栋楼的善后，有人说孩子曾在这里的某个老师家里补课，还有人既来世又今生地说："这里的房价当天就从 3.2 万跌到 2.2 万了！"一个手拿白菊花的女人带着家人插队，有个 50 多岁的老警察大声说："这么多人，你好意思哦，人家都在沉痛哀悼！"

人群路过店铺，路过一些小区，路过学校，路过很多个警察——警察态度都非常好，站在封锁线边的几个人不停地给重复安全指示，或者给人指路，某个警察在警戒线旁郑重地扶起被寒风吹倒的花圈。不少人拿着手机、相机在拍人群，杨小姐在人群中被反复认出，人们对她笑笑，然后继续前行。有个小胖子厉声要我摘下帽子。

好多好多人。走到一半的时候，人群忽然停下，有些志愿者举着"我们在行动"的标语走过，一对老夫妻操着东北口音在我身后不以为然地说："咋的了咋的了？行动什么，不要老是去瞎吵吵呀，让家属有房子住才重要。"一个戴着眼镜的老阿姨在我旁边反复念叨一句话。我以为她在念经，尹桦说好像不是，听不清她在说什么，但是句子开头是"逝者……"

现场比我想象中小，小很多。花圈让这院子忽然显得拥挤。烧得乌黑的楼上，有些黄黄的斑渍。一个女孩子拿着照相机问爸爸："阿爸，哪个是我们家的阳台？"我看到"老师一路走好"的横幅时，低头想擦掉眼泪，抬头时正巧看到一个穿得清清爽爽的男孩子摘下帽子，端端正正地对那横幅鞠了一个躬。

走出来的时候接到电话，才知道豆子、钱蓉，还有冠仁原来都在现场，我从来没看豆子穿得这么齐整，钱蓉说地铁上的人全是这站下，可惜没赶上那些西装笔挺的老伯伯演奏音乐；她还说那样的上海，真的就是她想象中的上海。

　　那静静的街道、那些鲜花、那烧焦的高楼旁持着鲜花庄严前行的人群，跟我想象中的上海——养大我的那个上海——也一模一样。

Size **X**

在每天这个时候，
为你亮起一束光。

size

x

"73 烟纸店" 开张　　／

给你们：

　　小买卖慢慢步入了正轨，手头有了点余钱，我开始琢磨做公众号的事：那些在我每有一点进步的时候给我鼓励，在我惶惶然时于"未关注人私信"中给我一个拥抱的陌生女人，我想回报给她们一点什么。

　　先做了个婚礼号，免费提供些婚礼的素材资讯：这个领域太窄，又没什么广告商捞油水，专业媒体少，我们团队里有些前婚礼媒体的编辑，捎带给准新娘们做点实用婚礼攻略，积点功德，也不费劲。

又想做这个号，请一些我喜欢的朋友来写有光芒的女人，写她们美丽而英勇的生活，稿费从优。

我不是那种善于在困境中辗转腾挪的人，成长的路上，因为时而智商欠一点，时而情商欠一点，时而运气欠一点，我常陷入迷茫沮丧。每次遇到这样的处境，总是那些不安分的女人照亮了我：有的时候，她是邻居的一位姐姐，一边手把手教我如何去考 GRE，申请学校，一边让我不要害怕，千万要看看外面的世界；有的时候，她是一个绯闻闹得满城风雨的闺密，任流言蜚语中伤，勇敢跨过渣男跟我去喝酒，让我懂得忠于自己的内心，才是真正勇敢的担当；有的时候，她也许只是传记书中的撒切尔夫人，和她人生中的一页艰难时刻，让我知道世界这么大，真就有咬牙坚持梦想的女人，改变了那么多人的命运。

感谢她们的光芒，照亮我走了这长长的一段人生路，所以我想记录下感动我、改变我的这些时刻，每天深夜，将它们分享给你。我当然知道习惯了巨大都市里激烈的生存竞争，能干的你们就算碰到再难的事也懂突围，可是我依然想在每天这个时候，为你亮起一束光：聊聊曾有哪些女人，如何突破了成见的迷雾，勇敢地驶向未知的人生。她们中的一些人，真的从此看到了日沉日落，万丈星辰。

我小时候，家对面的弄堂口有个小烟纸店，老板娘是个"不三不四"的人，常穿着时髦又有资产阶级气息的衣服，叼着根香烟，去弄堂里喊人接公用电话，看隔壁老虎灶的人吵架，为邻居的纠纷出谋划策。可是对我来说，她存在的意义在于：她晚上开着店，那家烟纸店关门好晚，总有盏黄乎乎的小灯亮着，让补课晚归的我知道，家快到了，一切，都在前面等我。

所以这个公众号的名字叫"73 烟纸店"。今天开始，灯亮着。

爱穿 10 厘米高跟鞋的老板娘

敬上

后记

凌晨 3 点的世界

这本书里的大多数文章，是赵若虹在凌晨 3 点写的，我不太熟悉那个时候的她。

　　她持续性失眠已经小十年，差不多和我们相识同期。或许是她的敏感和我的安逸产生了撞击，又或许是她看到我之后才开始意识到这个世界上竟然有那么多需要她操心的事情，总之，她深夜入睡，又在深夜醒来。试过许多种方式后，她只好开始吃安眠药。她曾经用有点感动的语气向别人描述，有那么几次，发现我写完小说，关了灯睁着眼睛坐在床上不入眠。那是我担心自己一倒头就打起呼噜，影响她睡觉，需要等待她睡得更熟一些。其实这并无多少用处，因为她终归会在入睡三到四小时后醒来。那是最深的夜，离天明还有两小时，我从不知道具体的情形，我只有猜测：她刷会儿微博和朋友圈，在无人响应的群里说几句工作，回复邮件，打开 Kindle 看书，以及在黑暗里睁着眼睛什么都不做。与此同时她能听到我的呼噜声，没有什么伴奏能比这更让她意识到，此时此刻，她只有一个人。

　　我在临睡前写的文章和想的主意，常常让醒来后的我感觉诧异，那仿佛是完全不同的两个人，中间只隔了一个黑夜。恐怕不独我，人人都是如此，我们用整个白天的时间从一端走到另一端，然后夜晚让我们重新回到原点。

　　赵若虹是不同的，因为她同时占有黑夜，在那里，她是另一个人。这几乎不是修辞性的，如果你也能在每天的凌晨 3 点醒来，那时的你，和白日里的任何一刻都很不一样。世界停止了运行，一切空空荡荡，世俗好意地填塞住你七窍的事、物和情感一下子不见了，于是另一些东西幽魂似的慢悠悠升了起来。一切，它们白天混杂纠缠在一起，那刻则超脱了似的，在面前清清楚楚淋漓尽致地展现出来，让对面的灵魂无路可走……这些终究是我的猜测，我从没能去到那里，所以我也写不出那样的文字。这不仅需要天赋，更需要经受这天赋的反复折磨，才能在许多个冰冷的深夜，揣着洞察、敏感、笨拙和温暖，写一篇篇尽心尽情却又不尽说破的文章。读这些文章，我可以感受到一颗凌晨 3 点的灵魂，以及她眼中的凌晨 3 点的世界。那是一个没有防备的世界，每一眼都看到了深处，我有时甚至害怕读，因为必然会有某处被击中，心里涌动的是熟悉的情感，但自陌生的远处而来，让我重新见到了它们的珍贵。

很高兴这些文章可以付印铅字，它们值得。

那 多

图书在版编目（CIP）数据

裹在2号连衣裙里的灵魂 / 赵若虹著 . —长沙：湖南文艺出版社，2018.3
ISBN 978-7-5404-8180-3

Ⅰ . ①裹… Ⅱ . ①赵… Ⅲ . ①散文集—中国—当代 Ⅳ . ① I267

中国版本图书馆 CIP 数据核字（2017）第 287456 号

上架建议：文学·散文

GUO ZAI 2 HAO LIANYIQUN LI DE LINGHUN
裹在 2 号连衣裙里的灵魂

作　　者：赵若虹
出 版 人：曾赛丰
责任编辑：薛　健　刘诗哲
监　　制：毛闽峰　赵　萌　李　娜
策划编辑：郑中莉　沈可成　张丛丛
文案编辑：马玉瑾
营销编辑：贾竹婷　刘　珣
封面设计：张丽娜
版式设计：薄荷橙　梁秋晨
出版发行：湖南文艺出版社
　　　　　（长沙市雨花区东二环一段 508 号　邮编：410014）
网　　址：www.hnwy.net
印　　刷：北京天宇万达印刷有限公司
经　　销：新华书店
开　　本：875mm×1270mm　1/32
字　　数：140 千字
印　　张：7
版　　次：2018 年 3 月第 1 版
印　　次：2018 年 3 月第 1 次印刷
书　　号：ISBN 978-7-5404-8180-3
定　　价：48.00 元

若有质量问题，请致电质量监督电话：010-59096394
团购电话：010-59320018